गया जंक्शन

उपन्यास

अतुल कुमार

Published By
Redgrab books Pvt. Ltd.
942, Mutthiganj, Prayagraj, 211003
www.redgrabbooks.com
contact@redgrabbooks.com

Price in india : 200/- INR

First published by Redgrab Books in 2022
Copyright © 2022 Redgrab Books Pvt. Ltd.

Copyright Text © 2022 Atul Kumar
Printed and bound in India
Cover Design & Typesetting by Redgrab Books team

ISBN : 978-93-90944-68-2

समर्पण

पूज्य दादा जी मुंगेश्वर सिंह, दादी गोनमति देवी, नाना जी प्रभुनाथ पाण्डेय और नानी राधिका पाण्डेय।

वैधानिक नीति

'गया जंक्शन' का उद्देश्य किसी की भावनाओं को ठेस पहुँचाना नहीं है। सच्ची घटना पर आधारित उपन्यास के कुछ पात्र काल्पनिक हैं। वास्तविकता से इनका कोई लेना-देना नहीं है। यदि ऐसा होता है तो इसे महज़ संयोग माना जाएगा।

आभार

उन सारे लोगों का हृदय के अनंततल से आभार प्रकट करता हूँ जिन्होंने किताब की कल्पना को साकार करने में अपना अंश दिया।

श्री योगेंद्र शर्मा (सेवानिवृत्त अधीक्षण अभियंता) : पापा का साथ न मिलता तो किताब लिखना तो दूर, सोच भी नहीं पाते। शारीरिक दाँवपेच की प्राचीन कला कुश्ती से रू-ब-रू कराने के साथ ही गाँव की माटी से हमसबों को जोड़कर रखने में उनकी महती भूमिका है। किताब के असली जन्मदाता पापा ही हैं।

श्रीमती मणि पाण्डेय (सेवानिवृत्त प्रधानाचार्य) : माँ के आशीर्वाद के बिना तो मेरे जैसे आलसी के लिए इतना दुरुह कार्य सोच भी पाना संभव न था। हिंदी की शिक्षिका होने के नाते किताब लिखने के दौरान मुझे उनसे बहुत कुछ सीखने को मिला।

श्रीमती इंद्राणी शर्मा (फ्रीलांस जर्नलिस्ट) : पत्नी के सहयोग के बिना एक कदम भी चलना संभव नहीं। लिखते-लिखते कई जगहों पर फँसा तो उनके सहयोग से ही बाहर निकल पाया। किताब को क्या नाम दिया जाए, इसके चयन में भी उनकी महत्वपूर्ण भूमिका रही।

अपूर्व और आकृति : ये दोनों तो मेरे जीवन के सबसे अभिन्न हिस्से हैं। मुझे कभी उदास नहीं होने देते। लॉकडाउन में दोनों मेरे दोस्त बन गए। कभी लिखने में डिस्टर्ब नहीं किया। बच्चों के साथ खेलकर ताज़गी भर जाती और मैं दुबारा उसी उत्साह से लिखने बैठ जाता।

श्री सुजीत कुमार (किसान) : चचेरे बड़े भईया का साथ न मिला होता तो ग्रामीण अंचल वाला भाग अधूरा रह जाता। कुश्ती को लेकर भी उन्होंने महत्वपूर्ण जानकारी दी।

श्री पंकज कुमार शर्मा (निदेशक, केंद्रीय जल आयोग) : बड़े भईया की भूमिका तो सर्वोपरि है। लेखन के दौरान बीच-बीच में दिल्ली से बात करना और ज़रूरी सलाह देना वे नहीं भूलते थे। इंजीनियरिंग का छात्र होते हुए भी इतिहास,

भूगोल, राजनीति, हिंदी, अंग्रेजी, साहित्य और कंप्यूटर का A से लेकर Z तक का ज्ञान अपने अंदर समेटे हुए हैं।

श्री मुकुल कुमार (फैशन डिजाइनर) : मँझले भईया ने जब पहली बार सुना कि मैं किताब लिख रहा हूँ तो एकदम से उछल पड़े। उन्हें बहुत अच्छा लगा और दनादन दो-तीन और कहानी का प्लॉट मुझे सुझा दिया।

श्री शशि कुमार (सॉफ्टवेयर स्पेशलिस्ट, BMW Group, जर्मनी): उपन्यास लेखन के दौरान कई लोगों से बातें हुईं, कई सुझाव मिले इसमें भतीजा शशि उर्फ किट्टू ने भी कई जगहों पर सुधार करवाया और सही दृश्य से रू-ब-रू करवाया। लेखन के दौरान शुरू से लेकर अंत तक मेरे साथ बने रहने के लिये मैं हृदय से शशि को धन्यवाद देता हूँ।

अतुल कुमार

बचपन में गुल्ली-डंडा से खेले और बड़े होकर ख़बरों से खेलने लगे। खेल-खेल में एक दशक से ज़्यादा का वक़्त गुज़र गया। दैनिक जागरण, न्यूज4नेशन डॉट कॉम, प्रभात ख़बर, हमार टीवी, आर्यन टीवी, मौर्य टीवी, एमएचवन न्यूज़ चैनल व हरिभूमि अख़बार को अपनी सेवा दे चुके हैं। विद्रोही तेवर होने के कारण कोई भी संस्थान ज्यादा दिनों तक झेल नहीं पाया लिहाजा 12 साल में आठ मीडिया घरानों में काम करने के बाद पत्रकारिता को स्वतंत्र होकर समझने की कोशिश कर रहे हैं। दिल्ली विश्वविद्यालय के रामजस कॉलेज से प्रतिष्ठा के साथ इतिहास में स्नातक की उपाधि प्राप्त की है। आरपीएस लॉ कॉलेज से कानून की पढ़ाई कर विधि स्नातक की डिग्री भी ली, केवल डिग्री। अब किताब लिखने का नया जोखिम लिया है। आगे ईश्वर की मर्ज़ी...

अनुक्रम

दम तोड़ता 'सपना'

पौ फटने को थी, रात का आँधी-तूफ़ान थम चुका था। चिड़ियों की चहचहाहट से भोर का मिज़ाज हल्का-हल्का संगीतमय हो चला था। कुछ मीठी नींद के रंगीन सपने में हिचकोले खा रहे थे तो वहीं कुछ लोग सुबह-सवेरे रोज़ी-रोटी के लिए स्टेशन पर ट्रेन का इंतज़ार कर रहे थे। कभी न ख़त्म होने वाला सफ़र जारी था... 'गाड़ी संख्या 13009, हावड़ा से चलकर देहरादून को जानेवाली दून एक्सप्रेस कुछ ही देर में प्लेटफ़ॉर्म नंबर चार पर आने वाली है।' महिला की मधुर आवाज़ में हुए एनाउंसमेंट से यात्रीगण आँख मलते हुए फ़टाफ़ट सामान ठीक करने लगते हैं। अलसाई आँखों में कई सपने थे, जो 'गया जंक्शन' से होकर देश के कोने-कोने तक पहुँचने को बेताब थे।

उधर, जंक्शन से ठीक सटे रेलवे कॉलोनी में किसी का सपना दम तोड़ रहा था। अहले सुबह मुर्गे़ की बाँग की जगह गोलियों की धायँ, धायँ...से पूरा इलाक़ा काँप उठता है, हड़बड़ाकर कॉलोनी का एक युवक बेड पर से उछल पड़ता है, उसकी लुंगी हवा में लहराने लगती है, वह पकड़ना चाहता है लेकिन अनबैलेंस होकर धड़ाम से नीचे गिर पड़ता है। एक क्षण के लिए वह अपने को किसी एडल्ट मूवी के हीरो माफ़िक़ कमरे में खड़ा पाता है, रंगीन दुनिया के कल्पना लोक में विचरण करने लगता है; बात आगे बढ़ भी जाती मगर बाहर फिर किसी मनहूस ने ट्रिगर दबा दिया था। गोली की आवाज़ से उसकी तंद्रा भंग हो जाती है और वह कल्पनालोक से निकलकर सीधे 'गया' लोक में वापस लौट आता है। मायाजाल से बाहर निकल अपनी लुंगी सँभालते हुए, कानी अँगुली भर खुली खिड़की से बाहर झाँकने की असफल कोशिश करता है। डर के मारे वह जड़वत-सा हो गया था; ऐसे, जैसे बदन के पोर-पोर में किसी ने फ़ेवीक्विक का लेप लगा दिया हो, पर मन फ़ाइटर प्लेन से भी तेज़ उड़ रहा था। बचपन से जवानी की दहलीज़ तक पहुँचने में 40 साल लग गए थे लेकिन कॉलोनी में कभी इस तरह से उसने गोली चलते नहीं देखा था। लड़ाई-झगड़े तो बहुत देखे थे, कई में हीरो वाली भूमिका

भी निभाई थी। जब दिमाग़ ने काम करना बंद कर दिया और सारे एंगल से सोचने के बाद भी कोई निष्कर्ष नहीं निकला तब वह बिंदिया से अपने मन की बात कहता है, "लगता है, 'पार्टी' ने धावा बोल दिया है।" "क्या बोल रहे हैं? पार्टी किस लिए आएगा यहाँ!" विस्मय से पत्नी बोलती है। "पार्टी नहीं तो 'एमसीसी' होगा!" युवक ने ज़ोर देकर कहा। "आप क्या बोल रहे हैं? मेरी समझ में कुछ नहीं आ रहा है।" पत्नी ने कहा। "तुम समझोगी भी नहीं! चुपचाप खड़ी रहो। मुझे खिड़की से देखने दो।" युवक बोला। वह थोड़ा नहीं बहुते कन्फ़्यूजिया गया था। मन-ही-मन उसने सोचा- 'पार्टी या एमसीसी के दस्ते शहर में नहीं बल्कि गाँव में धावा बोलते हैं। उनके पास राइफ़ल, बंदूक़ जैसा बड़ा सामान होता है। ज़िंदाबाद के नारे भी लगाते हैं, लेकिन यहाँ तो ऐसा कुछ नहीं हो रहा था!' तभी पत्नी बोल पड़ती है, "ये पार्टी और एमसीसी क्या है? ज़रा समझाकर बताइए।" "अभी ई सब बताने का वक़्त नहीं है बुड़बक कहीं कि हियाँ गोली चल रही है और तुमको मतलब समझने की पड़ी है, माथा मत खराब करो मेरा।" बिंदिया के पति ने झुंझलाकर कहा। "अरे, एतना भड़क काहे ल रहे हैं, न बताना है तो मत बताइए। लग रहा गोलिया आपके ऊपर ही चल रहा है!" पत्नी ने गुस्से में कहा। उसका तेवर गैस पर चढ़े तावे से भी ज़्यादा गर्म हो चला था। 'बुड़बक' शब्द ने उसके अंदर 'सो रही झाँसी की रानी लक्ष्मी बाई' को जगा दिया था। "सारा ज्ञान तो इन्हीं के पास है। हम तो एकदमे बेकार हैं। बुड़बक औरत को काहे ब्याह के लाए, शादिए न करना चाहिए था हमसे। पहले पता लगा लेना चाहिए था, हम बुड़बक हैं कि समझदार!" बड़बड़ाने लगी वो। मामला बिगड़ते देख युवक ने तुरंत पलटी मारी और कहा- "अरे, मेरे कहने का ई मतलब नहीं था बिंदिया। "तुम तो हर बात को दिल से लगा लेती हो। शब्द को पकड़कर कवि लोगन जईसा व्याख्या करने लगती हो। एतना तो ऊ लोग भी व्याख्या नहीं करते होंगे। बुड़बक तो मैंने प्यार से कहा था, नहीं तो बेवकूफ़ नहीं कहता।" इतना कहकर वह रुकता नहीं है, नहीं तो बिंदिया फिर किसी बात को पकड़ लेती। अच्छा सुनो, मोटा-मोटी समझ लो, "भाकपा माले के प्रतिबंधित दस्ते को 'पार्टी' बोला जाता है तो 'एमसीसी' का मतलब माओवादी कम्युनिस्ट सेंटर होता है। दोनों अपने आपको दलित-पीड़ित, ग़रीब-गुरबों का पहरेदार मानते हैं। अपने आपको उनके

रहनुमा के तौर पर पेश करते हैं। उनकी ओर से सामंती ताक़तों से लड़ते हैं चाहे इसके लिए किसी की हत्या भी करनी पड़े तो करने से नहीं हिचकते।" "का बोल रहे हैं आप, ई सब मेरी समझ में नहीं आ रहा है।" पत्नी ने कहा। "ई तो हम पहले ही बोले थे तुमको लेकिन मेरे मुँह से बुड़बक का निकल गया पूरा घर कपार पर उठा लिए तुम।" अब साँप को छेड़ दिए हो तो सुनो पूरा! उसने गुस्से में अपनी पत्नी को कहा। इसी बहाने बिंदिया के पति को उसपर चढ़ने का मौका मिल गया था और ऊ ई सुनहरा मौक़ा गँवाना नहीं चाहता था। आख़िर गँवाए भी क्यों? साल में एक-दो बार ही तो ऐसा मौक़ा मिलता था उसे। उसने आगे कहना जारी रखा- "ई सब ज़मीन की लड़ाई बाप-दादा के समय से चली आ रही है लेकिन अब ज़मीन का मुद्दा गौण हो गया है और मूँछ की लड़ाई में दोनों ओर से जब जिसको मौक़ा मिलता, गेहूँ की फ़सल के जईसा लोगों को काटना शुरू कर देता है। देखते-ही-देखते गाँव में भूसे के ढेर की जगह लाशों का ढेर बिछ जाता है।" एक ही साँस में युवक ने पत्नी को वहाँ से टरकाने के लिहाज़ से जल्दी-जल्दी जो समझ में आया बक दिया। यह नब्बे के दशक का बिहार था, जहाँ जातीय उन्माद चरम पर था। कोई किसी की नहीं सुनता था। बस मारो-काटो, बदला लो, यही नियति बन गई थी। तुम मेरी जाति के दस आदमी को मारोगे तो मैं तुम्हारी जाति के बीस आदमी को मारूँगा। बिंदिया को बताते-बताते उसका आदमी विषय से विषयांतर होने लगा था। बिंदिया को ई सब सुनने में मन नहीं लग रहा था। वह किसी तरह पति को दूसरी बातों में उलझाकर वहाँ से खिसक लेती है। उसे क्या लेना-देना था इनसब बातों से। वह तो चूल्हा-चौके में ही खुश थी। बोलते-बोलते युवक की नज़र एक विशालकाय काया पर पड़ती है और वह चौंक पड़ता है! "अरे! ये तो" बस इतना ही निकलता है उसके मुख से। वह दबी आवाज़ में पत्नी से कुछ बोलना चाहता है लेकिन इधर-उधर देखता है, बिंदिया तो वहाँ थी ही नहीं। बुलाने के लिए आवाज़ देना चाहता है लेकिन कंठ से बोली नहीं फूटती है; इतना भयभीत हो चला था वह। अपने ही घर में एक चोर की तरह दबे पाँव वह धीरे से पत्नी वाले कमरे में जाता है। वहाँ से सावधानी हटी नहीं कि दुर्घटना घटी वाले अंदाज में पत्नी को लेकर खिड़की के पास आता है और बोलता है, "देखी, पहचानी?" "अरे! हाँ, ई त ऊ"

...बिंदिया भी बस इतना ही बोल पाती है। सुबह-सवेरे गोली चलने की आवाज़ से कई घरों की कानी अँगुली भर खिड़की खुल चुकी थी और लोग माजरे को दूर से ही आत्मसात कर लेना चाहते थे। एक बच्चा भी खिड़की से सबकुछ देख रहा था। डर के मारे वह अपनी पतलून गिली कर देता है। कुंभकर्ण टाइप से सो रही माँ की नींद खुल जाती है और वह बच्चे पर बिफर पड़ती है। "शू-शू कर दिया मुँह पर ही, बदमाश कहीं का। " लेकिन बच्चा डाँट अनसुनी कर माँ से तोतली बोली में कहता है, "माँ सामने अंकल धायँ-धायँ। " माँ जब खिड़की से बाहर ताकती है तो सन्न रह जाती है। एक भारी भरकम आदमी को कुछ लोग घेरे हुए थे। घायल अवस्था में भी उस आदमी ने एक बदमाश को जकड़ रखा था। "देखता का है, दाग़ गोलियाँ नहीं तो अगर ई बच गया तो हमसब बेमौत मारे जाएँगे। इसने हमलोगों को पहचान लिया है। " सभी बदमाशों का मुँह ढँका हुआ था फिर भी उन्हें अपने पहचाने जाने का अंदेशा हो चला था। "साला, ई केवल देखने में ही नहीं, सही में ताकतवर है बॉस ! दू गोली मार दिए हैं ओकरा बादो पकड़ ढीली नहीं कर रहा है। " एक बदमाश बोलता है। "गोली चलते देख त अच्छा-अच्छा सूरमा के पतलून गीली हो जात है, लेकिन ई त हमनिए के धर ले रहा है। " दूसरे ने कहा। तभी एक गोली चलती है और एक बदमाश के हाथ को चीरती हुई निकल जाती है। "अरे, साला ई का किया रे, हमरे मार देगा का ? ले लिया मेरा हाथ। " वह दर्द से कराह उठता है। काली सड़क क्षण भर में लाल हो जाती है। झाड़ी में छुपा बदमाश द्रुत गति से बाहर निकलता है और घायल बदमाश के हाथ को अपने गमछे से बाँधने की कोशिश करने लगता है। "मना किए थे, ई बड़का काम है, नये लड़कों को नहीं लाने के लिए लेकिन मेरी सुनता कौन है? " मुखिया की ओर देखते हुए उसने कहा। आपस में मतभेद होता देख मुखिया हड़बड़ाहट में सोलह चैंबर वाली नयी पिस्टल से अंधाधुंध फ़ायरिंग करने लगता है। अफरातफरी मच जाती है। सभी बदमाश वहाँ से भागने लगते हैं। देवी माँ के मंदिर के समीप स्थूलकाय शरीर वाला शख़्स लुढ़का पड़ा होता है। कॉलोनी के लोग जो अबतक अपनी खिड़की से इस दिल दहला देने वाले मंज़र को देख रहे थे; वे धीरे-धीरे बाहर निकलते हैं और घायल शख़्स को उठाकर पास के रेलवे हॉस्पिटल में भर्ती कराते हैं।

यह कोई छुपने-छिपाने वाली बात भी नहीं थी। देखते-ही-देखते जंगल की आग की तरह पूरे शहर में गोलीबारी की ख़बर फैल जाती है। थाने के अंदर भी हलचल शुरू हो जाता है। नाइट शिफ्ट वाले पुलिसकर्मी ऊँघना छोड़कर देह-हाथ सीधा कर रहे थे। “अरे ! सर हुआँ फायरिंग हो रही है और हियाँ आप खैनी में चूना रगड़ रहे हैं। वायरलेस पर वायरलेस हुआ जा रहा है। ” एक सिपाही बोलता है। “तो का करें, उड़कर चले जाएँ, फ़ायरिंग कौनो नयी बात है ई शहर के लिए। तुमको नहीं पता, तुम भी तो चालीस साल से चूना लगा रहे हो डिपार्टमेंट को। बताओ, कौनो दिन शांति से गुजरा है हियाँ, बिना गोली, बम के? जाओ, जिप्सी निकलवाओ, हम आते हैं। ” गुस्से में आकर थाना सँभाल रहे साहब एक ही साँस में सब बोल जाते हैं। इसी बीच थाने में रखा फोन ट्रिंग-ट्रिंग कर बज पड़ता है। “अब कौन है, देखें ज़रा। ” बुदबुदाते हुए इंस्पेक्टर साहब चोंगा उठाते हैं। “जी, बड़ा बाबू परनाम !” उधर से आवाज़ आती है। “कौन? पहले नाम बताओ फिर दुआ-सलाम करना। प्रणाम करने की ध्वनि स्टाइल से ही वे समझ गए थे कि कोई हाकिम वगैरह का फोन नहीं है। ई थाना का नंबर है कौनो रिश्तेदार के यहाँ फोन नहीं घुमाए हो। ” झुँझलाकर एक ही साँस में सब कह दिया थानेदार ने। इंस्पेक्टर को पत्रकार सब बड़ा बाबू ही संबोधित करते हैं। कहीं घटना घटी नहीं कि बड़ा बाबू के पास फोन घनघनाने लगता है। “जी, हम ‘आफ़तख़बर’ अख़बार से क्राइम रिपोर्टर कन्हैया बोल रहे हैं। उधर से भी गंभीर आवाज़ में ही जवाब मिलता है। थानेदार की भाषा पसंद नहीं आई थी पत्रकार को। “हाँ, कहिए क्या बात है? ” थानेदार बोलता है। बड़ा बाबू अबतक समझ चुके थे कि गोली चली नहीं कि पत्रकार का सोया ज़मीर जाग उठा था और वह अब ख़बर के पोस्टमॉर्टम के लिए यहाँ फोन किया है। “गया जंक्शन के पास कॉलोनी में गोली” कन्हैया ने अभी इतना ही कहा था कि फोन कट जाता है। थानेदार ने चोंगा वापस रख दिया था। बार-बार हॉर्न बज रहा था। जिप्सी निकल चुकी थी, इसलिए वह हड़बड़ाहट में था। सीलन भरे थाना से बाहर निकलते ही मस्त-मस्त सुबह की ठंडी हवा के झोंकों से सामना होते ही थानेदार साहब गुलाब के फूल की तरह खिल उठते हैं। लेकिन अभी वे आगे कुछ और सीन की कल्पना कर पाते उसके पहले ही सामने खड़ी जिप्सी को देखकर उन्हें

जाँच-पड़ताल वाली बात याद आ जाती है। "गया जंक्शन की ओर चलो, जहाँ गोलीबारी की घटना हुई है।" वे अपने ड्राइवर को आदेश देते हैं। ड्राइवर पानी पीकर, खैनी-ऊनी खाकर एकदम टंच होकर आदेश के इंतज़ार में ही था। जैसे ही बड़ा बाबू का आदेश मिलता है, वह मौक़ा-ए-वारदात की ओर जिप्सी का रुख कर देता है। रास्ते में बड़ा बाबू डीएसपी साहब को भी सूचित कर देते हैं। पहले बड़ा बाबू और फिर थोड़ी ही देर में उनके पीछे-पीछे डीएसपी साहब भी रेलवे कॉलोनी पहुँच जाते हैं। मुआयना शुरू होता है। बड़ा बाबू- "लगता है सर यहाँ तगड़ी गोलीबारी हुई है। चारों ओर दीवार छेदे-छेद हो गया है। खोखवा भी खूबे बिखरल है।" "हाँ, बड़ा बाबू ठीके बोल रहे हैं। हम भी 30 साल के अपना पुलिस की ज़िंदगी में ऐसा नहीं देखे। खोखा देख रहे हैं केतना छितराया हुआ है। लगता है कि नाइन एमएम का पूरा चैंबरे सब खाली कर दिया।" डीएसपी साहब ने कहा। अभी बड़ा बाबू और डीएसपी साहब जाँच कर ही रहे थे कि चक्करचिरनी की तरह नाचती हुई पीली बत्ती वाली गाड़ी साइरन की आवाज़ के साथ वहाँ आकर रुकती है। आवाज़ और पीली बत्ती देखकर ही सब समझ गए थे कि ज़िला के बड़का बाबू यानी एसपी साहब खुदे जाँच करने पहुँच गए हैं। दोनों ऑफ़िसर टाइट खड़ा होकर सैल्यूट मारते हैं। "कुछ सुराग़ वगैरह मिला? लोगों से पूछताछ किए? बदमाशों को आते हुए या भागते हुए किसी ने देखा है?" गाड़ी से उतरते ही एसपी ने दनादन सवालों की झड़ी लगा दी। "जी सर, खोखा बहुत मिला है। लोग तो कुछ बता नहीं रहे। लगता है सभी डरे हुए हैं।" डीएसपी ने कहा। "ठीक है, अच्छे से तहक़ीक़ात कर लीजिए। दो-तीन टीम बनाकर सभी को अलग-अलग जाँच का ज़िम्मा सौंपिए। एक टीम गोली लगे शख़्स के गाँव भी भेजिए। वहाँ से उसके बैकग्राउंड का पता चल सकता है। मैं रेलवे हॉस्पिटल जा रहा हूँ। वहाँ काफ़ी भीड़ जुट गई है। हँगामा भी हो रहा है।" इतना कहकर एसपी साहब ठसक के साथ अपनी पीली बत्ती वाली गाड़ी में बैठे और वहाँ से निकल लिए। उनके जाते ही सभी पुलिसकर्मियों ने राहत की साँस ऐसे ली जैसे क्लास से कड़क मास्टर के जाने के बाद बच्चे लेते हैं।

पुलिस की एक टीम गोली से छलनी हुए युवक के गाँव पहुँचकर छानबीन शुरू कर देती है। दालान में बैठे लोगों को युवक की तस्वीर दिखाई जाती है।

तस्वीर देखकर लोग चौंक पड़ते हैं ! उनमें से एक बोलता है, "इनके बारे में जानना है तो आपको गाँव के बुज़ुर्ग नंद शर्मा के पास जाना होगा। वे उनके बारे में जन्म से लेकर जवानी तक की सारी कहानी बता देंगे। " अब नंद शर्मा की खोज शुरू होती है। पूछते-पूछते पुलिस उनतक पहुँच जाती है। वे गाँव के मुहाने पर एक कुटिया बनाकर रह रहे थे। आगे दो गाय बँधी हुई थी। किनारे-किनारे आम, अमरुद और पपीता के पेड़ हरियाली बिखेर रहे थे। बाहर में ही एक चापाकल लगा हुआ था। हाता में प्रवेश करते ही स्वच्छ वातावरण और शुद्ध ऑक्सीजन से पुलिस टीम का सामना होता है। बाहर से ही गाँव का एक लड़का ज़ोर से 'नंद दा, नंद दा' पुकारता है। "आते हैं, आते हैं, इतना क्यों चिल्ला रहा है? भूकंप आ गया है या आसमान फटा जा रहा है। " नंद शर्मा झल्लाते हुए बाहर निकलते हैं। उम्र बढ़ने के साथ-साथ आँखों की रोशनी कम हो चली थी। डॉक्टर ने मोतियाबिंद का ऑपरेशन कराने को कहा था लेकिन उन्हें शहर जाकर ये सब करवाना पसंद नहीं था, लिहाज़ा बची-खुची रोशनी से ही काम चल रहा था। थोड़ा वक़्त लगा लेकिन उन्हें दिख गया कि लड़के के साथ कुछ वर्दी वाले भी हैं। पुलिस टीम ने आने का मक़सद बताया और उन्हें घायल युवक की तस्वीर दिखाई। गुज़ारिश किया कि युवक के पूर्व इतिहास के बारे में बताएँ। पहले तो वे मना कर देते हैं लेकिन टीम के काफ़ी आग्रह करने पर बोलते हैं, "अगर वाकई में आपलोग उसके बारे में जानना चाहते हैं तो बहुत धैर्य रखना होगा, क्योंकि उसकी कहानी बहुत लंबी है। संघर्ष का जीवन है उसका। मेहनत की बदौलत देश-दुनिया में छा जाने के कई क़िस्से हैं उसके। अगर आपलोगों में धैर्य है तो वो खटिया खींचिए और मेरे बगल में आकर बैठ जाइए। " उन्होंने कहा। पुलिस के लोगों को और क्या चाहिए था, खट से खटिया खींची और बैठ गए उनके बगल में। नंद शर्मा गुड़ का एक बड़ा ढेला चबाते हैं और हलक़ के नीचे एक लोटा पानी उतारने के बाद यादों में खो जाते हैं। सत्तर के दशक से बताना शुरू करते हैं...

लाठी से हाँका, इनाम में नौकरी

तालियों की गड़गड़ाहट के साथ सभी पहलवानों का स्वागत हो रहा है। दंगल देखने के लिए दूरदराज से लोग आए हुए थे। एक-से-बढ़कर-एक पहलवान ज़ोर-आज़माइश में लगे थे। कौन पहलवान किससे लड़ेगा, इसकी घोषणा डुगडुगी बजाकर की जा रही थी। दर्शकों की अपनी कमेंट्री जारी थी। एक ने कहा- "वो पटका...अरे ! इसे देखो भाई, गजब का दाँव लगाया !" दूसरे ने पूछा- "ये किस गाँव का है भाई? इसे पहले तो कभी नहीं देखा। अभी तो इसकी उम्र भी काफ़ी कम लग रही है। " लोगों के बीच यह सब चर्चा चल ही रही थी कि उनमें से एक बोलता है, "इस छोकरे का चेहरा तो कहीं देखा हुआ लगता है लेकिन कभी कुश्ती लड़ते तो नहीं देखा इसे। " इस तरह लोग पहलवानों को लेकर अपने-अपने तरीके से प्रतिक्रिया दे रहे थे।

गया ज़िले के बेला के पास कोरमत्थू गाँव में नामी-गिरामी पहलवान त्रिवेणी सिंह ने बड़े पैमाने पर दंगल का आयोजन करवाया था, जिसमें भाग लेने बाढ़, बड़हिया, लखीसराय और मोकामा से भी काफ़ी पहलवान आए हुए थे। कुश्ती देखने के लिए अच्छी-ख़ासी भीड़ जुट गई थी। अपने-अपने गाँव के पहलवानों की जीत के लिए लोग जयकारा लगा रहे थे। उनका हौसला बढ़ाया जा रहा था। लेकिन बड़हिया का एक पहलवान राजेंद्र सिंह उर्फ राजो सिंह सब पर भारी पड़ रहा था। वह देखने में काफ़ी लंबा-चौड़ा और दमख़म वाला था। साथ ही फुर्तीला भी। अखाड़े में किसी को टिकने नहीं दे रहा था। मगध के पहलवानों को धूल चटा दे रहा था। 'ढाक', 'पट' किसी भी दाँव का उसपर कोई असर नहीं हो रहा था। आख़िरकार परिणाम की घोषणा होती है और उसे सभी वर्गों में विजयी घोषित कर दिया जाता है।

इधर, जहानाबाद के गाँधी मैदान में आर्मी में भर्ती के लिए कैंप लगाया गया था। आर्मी अफ़सरों की सोच के विपरीत काफ़ी भीड़ जुट गई थी। अफ़सर हलकान थे कि कैसे चयन प्रक्रिया की शुरुआत की जाए? तभी भीड़ में से एक

नौजवान लाठी लेकर निकलता है और बेक़ाबू हो रहे लोगों को क़ाबू में करने लगता है। दूर बैठे आर्मी के बड़े साहब यह सब देख रहे थे। स्थिति नियंत्रित होते देख भर्ती की प्रक्रिया शुरू की जाती है। इसी बीच मेजर की नज़र उस लड़के पर पड़ जाती है, जिसने भीड़ को क़ाबू में किया था। वह अपने अधीनस्थों को आदेश देता है, "उस नौजवान को भी सेना में शामिल करो। " लड़के को बुलाया जाता है। उसकी जाँच शुरू होती है। "सर, उसकी लंबाई काफ़ी कम है। मापदंड पर खरा नहीं उतरने पर विवाद हो जाएगा। अभी उम्र भी कम है। 15 नवंबर, 1954 का बर्थ है। "कोई नहीं, ट्रेनिंग के दौरान शरीर खींचा जाएगा। धीरे-धीरे उम्र भी बढ़ जाएगी। कम उम्र से ट्रेनिंग लेगा तो ज़्यादा सीखेगा। बाकी जो विवाद होगा, वह मैं देख लूँगा। " अफ़सर ने कहा। ...और इस तरह लंबाई कम होने के बावजूद नौजवान के बाहुबल व चतुराई को देखते हुए उसे सेना में भर्ती कर लिया जाता है।

नौजवान का नाम था...रविंद्र कुमार। बिहार के जहानाबाद ज़िले के छोटे-से गाँव तेजबिगहा का रहनेवाला रविंद्र नौकरी लगने की खुशी में पागल हुआ जा रहा था। उसका मन कर रहा था कि वह उड़कर गाँव पहुँच जाए और घरवालों को यह खुशख़बरी जल्द-से-जल्द दे। लेकिन उस वक़्त न तो मोबाइल था और न ही तेज़ चलनेवाली कोई सवारी गाड़ी, जो जल्दी से गाँव पहुँचा दे। टमटम ही एक मात्र सहारा था, जिससे लोग आना-जाना करते थे। रविंद्र को गाँधी मैदान से अपने गाँव लौटने में शाम हो जाती है। सबसे पहले भागकर वह अपनी माँ के पास जाता है और 'मईया-मईया' कहकर उसके गले से लिपट जाता है। माँ कुछ समझ नहीं पाती है। वह अचरज से पूछती है ! "क्या हुआ बेटा? जहानाबाद से ऐसा क्या लेकर आया है कि खुशी से पागल हुआ जा रहा है? " "माँ मेरी नौकरी लग गई है, वो भी सेना में। " रविंद्र कहता है। इतना सुनते ही माँ की आँखों से खुशी के आँसू छलक पड़ते हैं। सेना में भर्ती होना आज भी और उस वक़्त भी काफ़ी मायने रखता था। धीरे-धीरे पूरे गाँव में यह ख़बर फैल जाती है और लोग खुशी से झूम उठते हैं।

माँ-पिता और बड़ों का आशीर्वाद लेकर रविंद्र गाँव से जहानाबाद आता

है और फिर वहाँ से गया रेलवे जंक्शन पहुँचता है। गया से सीधा जबलपुर मिलिट्री कैंट। मिलिट्री की ट्रेनिंग को लेकर वह इतना रोमांचित था कि गाँव से जबलपुर कैसे पहुँच गया, उसे पता ही नहीं चला। लेकिन मिलिट्री कैंट में जो हुआ, वह उसके लिए काफी तकलीफ़देह था। अभी ठीक से उसे मूँछ की रेघारी भी नहीं पड़ी थी। एक बच्चा आर्मी की ट्रेनिंग लेने पहुँचा है, यह देख वहाँ कई लोग उसका मज़ाक़ उड़ाने लगते हैं। रविंद्र महज 16 साल की उम्र में ही ट्रेनिंग लेने कैंट पहुँच गया था। घर से पहली बार अकेले इतना दूर आया था। परिवार में वह सबका दुलारा था। उसे माँ-पापा, भाई-बहन, दादा-दादी, चाचा-चाची सब की याद आने लगती है। अपना मज़ाक़ उड़ता देख, उदास होकर वह एक कोने में जा बैठता है तभी उधर से गुजर रहे एक उस्ताद की नज़र रविंद्र पर पड़ जाती है। उस्ताद वहाँ पहलवानों को कुश्ती सिखाते थे। वे उसकी काया देख अपने को रोक नहीं पाते हैं और अनायास ही उससे पूछ पड़ते हैं, "क्या हुआ बालक, क्यों उदास हो?" उस्ताद का अपनापन से इतना पूछना था कि रविंद्र उनसे लिपट जाता है और एक ही साँस में सारी बात कह डालता है। उस्ताद उसे समझाते हैं और कहते हैं, "कोई बात नहीं, तुम दाँवपेच से ऐसे लोगों को जवाब दो।" इतना कहकर वह उसे उसके बैरक तक ले जाते हैं और उसके वहाँ रहने का इंतज़ाम करवाते हैं। रविंद्र पहले तो कुछ समझ नहीं पाता है लेकिन बाद में उसे उस्ताद की बात समझ में आ जाती है और वह कुश्ती सीखने के लिए राज़ी हो जाता है। देह-हाथ से वह सुडौल था और उसका बदन सोंटा हुआ था। गाँव में अपने चाचा से उसने थोड़ी-बहुत कुश्ती सीखी थी।

जबलपुर मिलिट्री कैंट में वह एक-दो सालों में ही कड़ी मेहनत से अपने शरीर को सींच लेता है। दौड़, कसरत व वर्ज़िश से लोहा बन जाता है उसका बॉडी। उस्ताद के सिखाए दाँवपेच में भी वह जल्द ही माहिर हो जाता है। आर्मी के पहलवानों को पटक देना अब उसके बायें हाथ का खेल हो गया था। उस्ताद यह सब देखकर मन-ही-मन खुश होते हैं। उन्हें अपने शागिर्द रविंद्र पर काफ़ी नाज़ था। इसी दरम्यान चोरी छिपे कुछ दोस्त उसे सिविलियन पहलवान से लड़वाने बाहर लेकर चले जाते हैं। वहाँ कुश्ती के दौरान रविंद्र के एक दाँव से विरोधी पहलवान का दाँत टूट जाता है। खलबली मच जाती है। वह पहलवान इलाक़े

का नामी पहलवान था लिहाज़ा उसके समर्थक मारपीट पर उतारू हो जाते हैं। किसी तरह सभी बच-बचाकर वहाँ से वापस कैंप लौटते हैं। दूसरे दिन यह बात अख़बार में छप जाती है और सेना के बड़े अफ़सर इसे अनुशासनहीनता मानते हुए रविंद्र और उसके साथियों को झाड़ लगाते हैं। हालाँकि उस्ताद बीच-बचाव कर मामले को वहीं रफ़ा-दफ़ा कर देते हैं। अब रविंद्र उनका पसंदीदा शिष्य बन गया था। वह तन-मन से कुश्ती की ट्रेनिंग ले रहा था। इधर, 'मुक्तिवाहिनी' को लेकर भारत-पाकिस्तान के रिश्ते में काफ़ी तल्ख़ी आ गई थी। बात इतनी बढ़ गई कि कभी भी युद्ध छिड़ सकता था। पाकिस्तान से बांग्लादेश को आज़ाद कराने वाली पूर्वी पाकिस्तान की सेना का नाम था, 'मुक्तिवाहिनी।' इसमें सैनिकों के साथ ही हज़ारों की संख्या में स्थानीय नागरिक भी शामिल थे। 31 मार्च, 1971 को इंदिरा गाँधी ने भारतीय संसद में कहा था, "हमें पूर्वी बंगाल के लोगों की मदद करनी चाहिए।" इसी के बाद भारतीय सेना ने अपनी ओर से तैयारी शुरू कर दी थी। इसमें मुक्तिवाहिनी के लड़ाकों को प्रशिक्षण देना भी शामिल था। हिंदुस्तान के इस रवैये के ख़िलाफ़ पश्चिमी पाकिस्तान में बड़े-बड़े मार्च होने लगे और भारत के विरुद्ध सैन्य कार्रवाई की माँग की जाने लगी। 23 नवंबर, 1971 को पाकिस्तान के राष्ट्रपति याह्या खान ने अपने नागरिकों से युद्ध के लिए तैयार रहने को कहा। दोनों देशों के बीच तनाव हद से ज़्यादा बढ़ गया था। 3 दिसंबर, 1971 को पाकिस्तान की वायु सेना ने भारत पर हमला कर दिया। अमृतसर और आगरा जैसे शहरों को निशाना बनाया गया।

युद्ध की विधिवत् शुरुआत हो चुकी थी। ज़मीन पर भी पाकिस्तानी सेना के जवान भारत की ओर बढ़ रहे थे। रविंद्र जिस यूनिट में था, उस यूनिट के जवानों को भी लड़ने के लिए बार्डर पर भेजा गया था। देश के लिए लड़ने का सोचकर ही रविंद्र का रोम-रोम खिल जाता है। "क्या पहलवान ! डर तो नहीं लग रहा है? घर की याद तो नहीं आ रही है?" एक साथी पूछता है। "नहीं दोस्त, पहले भारत माँ फिर घर-परिवार।" रविंद्र कहता है। गोली व बम के धमाकों से बॉर्डर का इलाक़ा गूँजने लगता है। 4 दिसंबर की शाम को मेजर कुलदीप सिंह चाँदपुरी को सूचना मिलती है कि बड़ी संख्या में दुश्मन की फ़ौज लोंगेवाला चौकी की तरफ बढ़ रही है। उस वक़्त वहाँ पर मेजर सहित सिर्फ़ 90 जवान थे। आदेश

मिला कि या तो दुश्मन का मुकाबला करें या फिर पैदल ही रामगढ़ की ओर बढ़ें। मेजर चाँदपुरी ने दुश्मनों के साथ दो-दो हाथ करने की ठानी। वे हर हाल में पाकिस्तानी सेना को आगे बढ़ने से रोकना चाहते थे। थोड़ी ही देर में अँधेरा हो जाता है और बड़ी संख्या में पाकिस्तानी टैंक लोंगेवाला पोस्ट को घेर लेते हैं। लेकिन मेजर ने अपने जवानों के साथ मिलकर पहले ही ठोस रणनीति बना ली थी। भारत की जवाबी कार्रवाई इतनी दमदार थी कि पाकिस्तानी सेना को पीछे हटना पड़ता है। चाँदपुरी के नेतृत्व में चंद जवानों ने ही पाकिस्तानी सेना के दाँत खट्टे कर दिए थे। इस तरह 13 दिनों बाद 16 दिसंबर को पाकिस्तान की सेना भारतीय सेना के सामने आत्मसमर्पण कर देती है। भारत युद्ध जीत लेता है। इसी दिन बांग्लादेश के रूप में एक नये देश का जन्म होता है। भारत और बांग्लादेश दोनों 16 दिसंबर को विजय दिवस के रूप में मनाते हैं। इस तरह करीब 15 दिनों के बाद रविंद्र अपने यूनिट के लोगों के साथ एक नये अनुभव व यादों को सँजोए वापस अपने कैंप में लौट आता है। कई जवान जो युद्ध के मैदान में नहीं जा सके थे, उन्हें वह रोमांच से भरा आँखों देखा हाल बयाँ करता है। वापसी के साथ ही रविंद्र फिर से कुश्ती का अभ्यास शुरू कर देता है। धीरे-धीरे कर छह महीने गुज़र जाते हैं। इस बीच रविंद्र के बीएससी का रिजल्ट भी आ जाता है। वह अपने गाँव का अकेला लड़का था, जो 1971 में जहानाबाद के एसएस कॉलेज से बीएससी की परीक्षा उत्तीर्ण करता है। 1972 में एरिया चैंपियनशिप के लिए मुक़ाबले की घोषणा होती है। कठिन ट्रेनिंग का परिणाम सामने था। अपने यूनिट से रविंद्र भी मुक़ाबले में भाग लेता है और अपने साथी पहलवानों को चित कर ख़िताब अपने नाम करता है। इसके बाद तो मेडल की झड़ी लग जाती है। 1974 के फरवरी-मार्च में 74 किलो वज़न भार में राष्ट्रीय चैंपियनशिप मेडल पर वह क़ब्ज़ा जमा लेता है। "बहुत अच्छा कर रहे हो, रविंद्र थोड़ी-सी और मेहनत कर दोगे तो अंतरराष्ट्रीय स्तर पर कुश्ती प्रतियोगिता में भाग लेने का दरवाज़ा खुल जाएगा।" उस्ताद ने कहा। उस्ताद की बातों को सर आँखों पर लेकर रविंद्र पूरा ज़ोर लगा देता है। वह हर हाल में बाहर जाकर कुश्ती लड़ना चाहता था। 1974 में तेहरान में आयोजित एशियन गेम्स को लेकर भारत में भी तैयारी चल रही थी। "रविंद्र तुम्हारे सेलेक्शन की पूरी उम्मीद

है मुझे, देखो ! क्या होता है? ” उस्ताद ने कहा। थोड़े दिन बाद ही रविंद्र को खुशख़बरी मिल जाती है और उस्ताद का कहा सच हो जाता है। 74 किलो वेट में कुश्ती खेलने के लिए रविंद्र का चयन भारत की ओर से होता है। धूमधाम से गाजे-बाजे के साथ सभी खिलाड़ियों को तेहरान के लिए विदा किया जाता है। दूसरे देश में आकर रविंद्र एकदम हक्का-बक्का था। वह अपने साथ आए मित्र से कहता है, “यार, मैंने तो सपने में भी नहीं सोचा था कि यह दिन भी मेरे जीवन में आएगा। मैं तो बस उस्ताद के कहने पर कुश्ती सीख रहा था। ” “अरे, मित्र ऐसे ही होता है, ज़िंदगी किस करवट मोड़ ले लेगी, पता नहीं चलता है; इसीलिए तो बड़े-बुजुर्ग कह गए हैं, ‘पुरुषम् भाग्यम् देवम् न जानम्’ यानी पुरुष का भाग्य देवता भी नहीं जानते। ” बस तुम अपना कर्म करते रहो, फल की चिंता ऊपरवाले पर छोड़ दो। ” साथ आए दोस्त ने कहा। रविंद्र जी-जान लगाकर खेलता है और तेहरान से भारत के लिए स्वर्ण पदक जीतकर ले आता है। सेना के अधिकारियों को उसकी क़ाबिलियत पर तो कोई शक नहीं था लेकिन स्वर्ण पदक जीतकर ले आएगा यह शायद किसी ने नहीं सोचा था। भारत आने पर रविंद्र का भव्य स्वागत किया जाता है। अब सेना में हर किसी का वह चहेता बन जाता है। लगभग तीन साल जबलपुर मिलिट्री कैंट में रहने के बाद अचानक एक दिन रविंद्र नौकरी छोड़ने की बात कहकर सबको चौंका देता है ! उस्ताद उसे रोकने का काफ़ी प्रयास करते हैं। समझाते हैं, “तुम दो-तीन साल और यहाँ रह लोगे तो एक अच्छे पहलवान बन जाओगे, फिर राष्ट्रीय और अंतरराष्ट्रीय स्तर की प्रतियोगिता जीतना तुम्हारे लिए कोई मुश्किल काम नहीं रह जाएगा। ” “यहाँ से जाना तो मैं भी नहीं चाहता हूँ उस्ताद, लेकिन क्या करें, मजबूरी ही कुछ ऐसी है। ” रविंद्र ने कहा। पारिवारिक मजबूरी के कारण अंतत: रविंद्र अपने गाँव ‘तेजबिगहा’ वापस लौट जाता है। कुछ दिन तो गाँव में उसे ठीक लगता है लेकिन धीरे-धीरे उसका मन उचटने लगता है। वह मायूस-सा इधर-उधर घूमते रहता है। “क्या हुआ रविन्दर जब से तुम कैंट से लौटे हो तभी से उदास रहते हो? ” चाचा ने पूछा। “चाचा, मेरा यहाँ मन नहीं लग रहा है। जबलपुर मिलिट्री कैंट में कुश्ती के नये-नये दाँवपेच सीखने को मिलता था। दंगल प्रतियोगिताओं में भाग लेने का अवसर भी था। ” उसने कहा। “अरे ! इतनी-सी बात है। तुम

हमलोगों के साथ ही अखाड़े में क्यों नहीं चलते? मिलिट्री के उस्ताद से क्या सीखकर आए हो, हमलोग भी तो देखें।" इस तरह उस दिन से वह अपने चाचा के साथ अखाड़ा जाना शुरू कर देता है। उसे कुश्ती का अच्छा-ख़ासा चस्का लग चुका था। बाहुबल और फुर्ती के साथ ही सही समय पर सही दाँव लगाना, मुक़ाबला जीतने के लिए बेहद अहम है, यह बात जल्द ही रविंद्र की समझ में आ जाती है। अब उसे केवल रगड़इया की जरूरत थी। गाँव में ही अपने चाचा नंद शर्मा, युगल शर्मा, सकलदेव दा, कमल दा और योगेंद्र शर्मा के साथ वह कुश्ती का अभ्यास शुरू कर देता है। अब उसका मन गाँव में लगने लगता है। रविंद्र को दाँवपेच की बारीकियों से अवगत कराने का ज़िम्मा चाचा नंद शर्मा को मिलता है। विरोधी पहलवान जब सामने हो तो उसे कैसे चित करना है? बिना मौक़ा दिए फुर्ती के साथ उसे कैसे पटक देना है, इसको लेकर हर दिन अलग-अलग दाँव लगाकर चाचा लोग रविंद्र को अभ्यास करवाते।

ब्रह्मास्त्र था 'पट' दाँव

रविंद्र के चाचा नंद शर्मा को एक दिन पता चलता है कि जहानाबाद ज़िले के उबेर गाँव में शिव ख़लीफ़ा ने कुश्ती प्रतियोगिता का आयोजन करवाया है। रविंद्र को और क्या चाहिए था। ...अखाड़े में दमख़म दिखाने के लिए तो वह कब से तैयार बैठा था। नियत दिन रविंद्र और गाँव के कुछ लोगों को लेकर नंद शर्मा उबेर पहुँच जाते हैं। वहाँ एक-से-बढ़कर-एक पहलवान अखाड़े में मिट्टी रगड़इया कर रहे थे। कोई भी रविंद्र और उसके चाचा को नोटिस नहीं करता है। न आयोजक और न ही वहाँ के पहलवान। यह देख रविंद्र को अच्छा नहीं लगा। कुश्ती देखनेवालों की संख्या तो अच्छी-ख़ासी थी लेकिन उन्हें मज़ा नहीं आ रहा था। जब आमने-सामने जोड़ीदार तगड़ा हो तभी मुक़ाबले का रोमांच चरम पर पहुँच पाता है। रविंद्र को कोई बढ़िया जोड़ा नहीं दिया गया था। चाचा नंद अब बर्दाश्त करने के मूड में नहीं थे। वे अखाड़े में कूदे और मजबूत जोड़ा देने को कहा। शिव ख़लीफ़ा यह सब देख रहा था। उसे पसंद नहीं पड़ा कि कोई उसके अखाड़े में ही उसके पहलवानों को चैलेंज करे। उसने वहाँ रखे मुंगड़ा (मुकदर) की ओर इशारा करते हुए नंद शर्मा से कहा- "आपका पहलवान इसे लेकर अखाड़े के चारों ओर घूम जाएगा तो मैं उसे अच्छा जोड़ा दे दूँगा। " "मेरा पहलवान मुंगड़ा घुमाने वाला नहीं है। लाइए, इसे मैं घुमा देता हूँ। " नंद शर्मा ने कहा। फिर उन्होंने चारों ओर मुंगड़े को घुमाया तब जाकर रविंद्र को मुक़ाबले के लिए अच्छा जोड़ा मिला।

लोग इसी पल का इंतज़ार कर रहे थे। एक ने कहा, "ये देखो, गजब का दाँव लगाया है भाई। पटक देलकई, पटक देलकई। साफा चिते कर देलकई। कोई नहीं टिक पा रहा है, इसके सामने। " उस पहलवान की तारीफ होने लगी। वह भी पूरे अखाड़े में जाँघ पर हाथ मारकर गोल-गोल घूमने लगता है, मानो उसने पूरी दुनिया जीत ली हो। वह शिव ख़लीफ़ा के तीसरे नंबर का शागिर्द था। उसके साथी ललकारने लगे, "कोई है जो शिव ख़लीफ़ा के चेलों को टक्कर दे

सके। उसे पटक सके। ” कुछ देर के लिए वहाँ सन्नाटा पसर जाता है। आयोजक भी विचार करने लगे कि अब शिव ख़लीफ़ा के शिष्य को ही सर्वमान्य विजेता घोषित कर दिया जाए। अभी यह सब मंथन चल ही रहा था तभी रविंद्र दहाड़ उठता है। उसने शिव ख़लीफ़ा के चेले की चुनौती स्वीकार कर ली थी।

उबेर और आसपास के गाँव के लोग रविंद्र को लेकर गंभीर नहीं थे लेकिन जब उसने ललकार दिया तो अखाड़े में उसे उतारना आयोजकों के लिए मजबूरी बन गई। शुरू हुआ शिव ख़लीफ़ा के तीसरे नंबर के शागिर्द और रविंद्र के बीच मुक़ाबला। दोनों एक-दूसरे के हाथ नहीं आना चाहते थे। झटके में छूकर निकल जाते। शिव ख़लीफ़ा के चेले ने ‘ढाक’ दाँव लगाना चाहा लेकिन सफलता नहीं मिली। इधर, रविंद्र भी ताक में था। आख़िरकार कुछ समय के बाद रविंद्र अपनी बुद्धि के बल पर ख़लीफ़ा के तीसरे चेले को पटक देता है। इस तरह उसे पहली सफलता मिल जाती है। थोड़ी देर के लिए शिव ख़लीफ़ा भी घबरा जाता है क्योंकि बतौर आयोजक वह चाहता था कि उसके शिष्य ही प्रतियोगिता के हीरो बनें। अब ललकारने की बारी रविंद्र पहलवान की थी। वहाँ मौजूद लोगों के बीच खुसुर-फुसुर होने लगती है। “इस छोकरे ने तो कमाल कर दिया। कितनी होशियारी से खेल रहा है। ”

आनन-फ़ानन में शिव ख़लीफ़ा ने अपने दूसरे नंबर के चेले को अखाड़े में उतारा। फिर शुरू हुई दाँव की बाज़ीगरी। लेकिन ख़लीफ़ा का दूसरा शिष्य भी रविंद्र के जोश व बाहुबल के आगे ज़्यादा देर नहीं टिक पाया और जल्द ही अपनी हार मान अखाड़े से बाहर हो गया। अब तो मानो शिव ख़लीफ़ा के ऊपर पहाड़ ही टूट पड़ा हो। काफ़ी देर तक वहाँ लोगों ने चुप्पी साधे रखी और माहौल तनावपूर्ण हो गया।

शिव ख़लीफ़ा के लोगों को यह कतई गँवारा नहीं था कि उनके ही अखाड़े में आकर उनके ही पहलवानों को कोई धूल चटा दे। अब वहाँ तनातनी का माहौल बनने लगा। कुश्ती देख रहे लोग दो खेमों में बँट गए। एक खेमा रविंद्र पहलवान के जयकारे लगा रहा था तो दूसरा खेमा प्रतियोगिता भंडोल करने के फ़िराक़ में था। हालाँकि ऐसा हो नहीं पाया। शुरू में रविंद्र के समर्थन में काफ़ी कम लोग

थे लेकिन जैसे ही आस-पास के गाँवों में यह बात फैली कि अखाड़े में एक नया लड़का आया है, जो शिव ख़लीफ़ा के दो ताकतवर शिष्यों को पटक चुका है, उसे देखने के लिए भीड़ उमड़ पड़ती है।

ख़लीफ़ा के पास अभी भी एक मोहरा बचा हुआ था। उसने अपने सबसे करीबी और अखाड़े के नंबर वन पहलवान को दंगल में उतारा। शुरू हुआ ज़ोरदार मुक़ाबला। दिल थामकर लोग दोनों पहलवानों की कुश्ती देख रहे थे। ज़ोर-आज़माइश का यह दौर थोड़ा लंबा चला। ख़लीफ़ा का यह पहलवान काफी दमख़म वाला था। रविंद्र को दो-तीन राउंड के बाद अहसास हो गया कि साधारण दाँवपेच लगाकर इस पहलवान को पटकना मुश्किल है। अब अचूक दाँव लगाने की बारी आ गई थी। रविंद्र का अचूक दाँव 'पट' था। उसने मौका मिलते ही पट का इस्तेमाल किया और उसे सफलता मिल गई। ज़ोर से लोगों ने चिल्लाया, "रविंद्र ने ख़लीफ़ा के नंबर वन पहलवान को भी पटक दिया। अरे ! भाई देखा आपने, छोकरे ने तो कमाल कर दिया। गजब का दाँव लगाया। इतनी फुर्ती से खेला कि शिव ख़लीफ़ा भी देखते रह गए और देखते-ही-देखते उनका नंबर वन पहलवान धराशायी हो गया। " लोग रविंद्र के जयकारे के बीच कुश्ती की व्याख्या भी करने लगे। "ये होती है पहलवानी...इसे कहते हैं ताकत के साथ दिमाग का इस्तेमाल करना। केवल ताकत के बूते कुश्ती नहीं जीती जाती। "... और इस तरह से एक गबरू जवान छोकरा बन गया लोगों का चहेता पहलवान। यह सन् 1975 की बात थी।

गाँव-गाँव में रविंद्र की चर्चा होने लगी। घर-घर में लोग उसके बाहुबल और फुर्ती की तारीफ करने लगे। इधर, शिव ख़लीफ़ा आगबबूला होकर अपने घर पहुँचा और सारी बात अपने पिता मोहिया ख़लीफ़ा को बताई। उसके पिता भी अपने समय के नामी पहलवान रह चुके थे। उन्होंने जैसे ही सुना कि तेजबिगहा का छोकरा था, वैसे ही कहा- "जरूर वह 'मुसाफिर सिंह' के खानदान का रहा होगा। " इस पर शिव ने कहा- "मुसाफिर सिंह का तो नहीं पता लेकिन लोग उसके पिता का नाम रामलगन शर्मा बता रहे थे। रविंद्र उनका बड़ा लड़का है। " अब इलाक़े में ऐसी चर्चा होने लगी कि रविंद्र पहलवान को चित करना है तो

बाहर से किसी ताकतवर पहलवान को बुलाना होगा। गया के बेला के नजदीक है कोरमत्थू गाँव। न जाने कितने पहलवानों की कहानियों को सँजोकर रखा है इस गाँव ने। प्राचीन काल में यह गाँव दंगल के आयोजन के लिए काफी प्रसिद्ध था। नोवामा के नामी पहलवान त्रिवेणी सिंह अक्सर यहाँ कुश्ती का आयोजन करवाते थे। उन्हें यहाँ तड़का मिला हुआ था। अब मगध में यह बात किसी से छिपी नहीं थी कि तेजबिगहा का रविंद्र केवल बाहुबल में ही सर्वश्रेष्ठ नहीं है बल्कि दाँव लगाने में भी वह चीते की तरह फुर्तीला है। दंगल के दौरान दिमाग़ का भी इस्तेमाल करता है। उसे पटकने के लिए उसके टक्कर के पहलवान को ही अखाड़े में उतारना पड़ेगा। यह बात त्रिवेणी सिंह के कानों तक भी पहुँच गई थी। उस वक़्त बाढ़, बड़हिया, मोकामा में राजेंद्र उर्फ राजो सिंह का नाम भी पहलवानी में हो चला था। दमख़म वाले पहलवानों में गिनती होती थी, लिहाज़ा रविंद्र को धूल चटाने के लिए गया के त्रिवेणी पहलवान ने बड़हिया के राजेंद्र उर्फ राजो सिंह को चुना।

यह सन् 1977 की बात रही होगी। गया के कोरमत्थू में दंगल की तैयारी शुरू हुई। अखाड़ा सजाया गया। दूरदराज से लोग इस रोमांचक मुकाबले को देखने के लिए जुटने लगे। नियत दिन बड़हिया से राजो सिंह और तेजबिगहा से रविंद्र कुमार अपने लोगों के साथ कोरमत्थू पहुँचते हैं। अखाड़े में रेफरी के सीटी बजाते ही कुश्ती का खेल शुरू हो जाता है। पहले त्रिवेणी सिंह दूसरे-दूसरे पहलवानों से रविंद्र पहलवान को लड़वाते हैं। जब वह सभी को चित कर देता है तब घोषणा होती है कि अब बड़हिया के राजेंद्र उर्फ राजो सिंह से रविंद्र का मुक़ाबला होगा। दोनों पहलवानों के लिए अखाड़े को तैयार किया जाता है। रोमांच चरम पर जा चुका था। कई लोग भीड़ में ऐसे थे जिनके लिए दोनों ही पहलवान नये थे।

रविंद्र पहलवान अखाड़े की मिट्टी से माथे पर तिलक लगाकर घेरा के अंदर प्रवेश करते हैं। राजेंद्र सिंह भी अखाड़े को प्रणाम कर घेरा के अंदर आ जाते हैं। दोनों पहलवानों के अखाड़े में आने के बाद रेफरी की सीटी बजती है और शुरू हो जाती है चिर-प्रतीक्षित कुश्ती। दर्शकों की भीड़ में से कुछ लोग आँखें

फाड़कर दोनों पहलवानों को निहारे जा रहे थे। खैनी मलते हुए एक कहता है, "रविंद्र की छाती देख रहे हो, एकदम पत्थर के समान दिख रहा है। क्या खाता होगा?" "तुम तो अंधभक्त हो रविंद्र पहलवान के; तुम्हें राजेंद्र की फड़फड़ाती भुजा नहीं दिख रही है !" दूसरा तपाक से बोल पड़ता है। सभी अपने-अपने तरीके से दोनों पहलवानों के बलशाली होने का अनुमान लगा रहे थे। कुश्ती में क्षण भर में खेल हो जाता है। यहाँ भी कुछ ऐसा ही हुआ और लोग चिल्ला पड़ते हैं, "गया, गया, ये तो गया !" रविंद्र पहलवान को कुछ सेकेंड के लिए राजेंद्र सिंह ने अपने क़ाबू में कर लिया था। लेकिन एक ही झटके में रविंद्र उसकी क़ैद से बाहर आ जाता है। इस तरह से तीन राउंड पूरे हो जाते हैं लेकिन हार-जीत का फ़ैसला नहीं हो पाता है।

रविंद्र पहलवान के पास अब एक ही चारा बचा था; ब्रह्मास्त्र यानी पट दाँव का इस्तेमाल करना। रेफरी सीटी बजाता है और फिर दोनों अखाड़े में कूद पड़ते हैं। यह फाइनल राउंड था। दोनों मौक़े की तलाश में थे। कुश्ती में धैर्य भी बहुत मायने रखता है ताकि अगला ग़लती करे और आप अपना पसंदीदा दाँव लगा सकें...और यही हुआ यहाँ भी। राजेंद्र सिंह का ध्यान एक सेकेंड के लिए भटका और पहलवान ने मौक़े का फायदा उठाते हुए 'पट' दाँव लगाकर उसे चित कर दिया। रविंद्र पहलवान की जीत की घोषणा होते ही अखाड़े में उनके नाम का जयकारा लगने लगता है। इस जीत के साथ ही पहलवान मगध के हीरो बन जाते हैं। बच्चे-बच्चे की जुबान पर उनका ही नाम था। बेलागंज से विधायक रहे जितेंद्र सिंह ने जीत की खुशी में रविंद्र पहलवान को शील्ड प्रदान किया।

रविंद्र का विजय रथ लगातार आगे बढ़ रहा था। भोरी (बेला) के दामोदर पहलवान और शामोचक (मखदुमपुर) के गुलाब पहलवान को हराने के बाद वह ज़िले से बाहर की ओर रुख करता है। पहलवान की ख्याति जहानाबाद और गया होते हुए राजधानी पटना तक पहुँच चुकी थी। पटना में CRPF के पहलवान रामजी सिंह का सन् 1976 में बड़ा नाम था। कोई टकराने की जुरत नहीं करता था। इधर, रविंद्र पहलवान का पैर भी राजधानी में पड़ चुका था और उसके संगी-साथी कुश्ती के लिए उसकी बराबरी का पहलवान खोज

रहे थे। जल्द ही उनलोगों को पता चलता है कि पटना के जीपीओ ग्राउंड में सरकारी स्तर पर दंगल का आयोजन होनेवाला है, जिसमें रामजी सिंह भी हिस्सा लेनेवाले हैं। रामजी सिंह मूल रूप से डिहरी ऑन सोन के रहनेवाले थे और बोकारो, सीआरपीएफ में उनकी पोस्टिंग थी। अब यह बात बहुत तेज़ी से चारों तरफ फैल गई कि पटना में दो बड़े पहलवानों के बीच मुक़ाबला होनेवाला है। नियत दिन व समय पर लोग इस रोमांचक मुक़ाबले को देखने के लिए पटना के जीपीओ ग्राउंड में जुटते हैं। कुश्ती का आयोजन सरकारी स्तर पर हुआ था, लिहाज़ा तामझाम भी उसी के अनुरूप था। अखाड़े का निर्माण भी अलग तरीके से कराया गया था। ज़मीन से तीन फीट ऊपर चबूतरे का निर्माण कर उसमें मिट्टी भरी गई और फूल-मालाओं से सजाया गया। बार-बार उद्घोषणा हो रही थी, "आप लोग शांति बनाए रखिए। कुछ ही देर में मुक़ाबला शुरू हो जाएगा। सभी तैयारियाँ पूरी हो चुकी हैं। बस पाँच मिनट में दोनों पहलवान अखाड़े में आ जाएँगे। " लेकिन लोग कहाँ माननेवाले थे, उनका तो मानना था कि जहाँ कुश्ती वहाँ शांति का क्या काम? दंगल हो और हल्ला न हो तो फिर काहे का दंगल !

इधर, ग्राउंड में लोगों के आने का सिलसिला लगातार जारी था। हर कोई इस रोमांचक मुक़ाबले का गवाह बनने की चाहत लिए चला आ रहा था। उस वक़्त कुश्ती से बड़ा कोई खेल नहीं था। लोग बड़े चाव से शारीरिक दमख़म वाले इस खेल का आनंद उठाते थे। खैर, जिसका इंतज़ार लोगों को था, वह ख़त्म हुआ और घोषणा हुई- "80 किलो वर्ग में रामजी सिंह का मुक़ाबला जहानाबाद के तेजबिगहा ग्रामवासी रविंद्र पहलवान से होगा। " अचानक हुई इस घोषणा से वहाँ शांति छा जाती है और लोग दिल थामकर दोनों पहलवानों के अखाड़े में आने की राह ताकने लगते हैं। तालियों की गड़गड़ाहट से साफ हो जाता है कि दोनों पहलवान अखाड़े में आ चुके हैं और लोग उनके खैरमकदम में दिल खोलकर तालियाँ बजा रहे हैं। दर्शकों का एक्साइटमेंट चरम पर था। नारेबाज़ी शुरू थी। "रविंद्र पहलवान आज के हीरो तुम हो, जीतकर दिखा दो। " गाँववाले हौसलाअफ़ज़ाई कर रहे थे। वहीं रामजी सिंह के समर्थकों का उत्साह भी देखते बन रहा था। "इस पहलवान में नहीं है दम, दिखा तो अपना ख़म। " जैसे नारों से उनका उत्साह बढ़ाया जा रहा था।

जोश से लबरेज़ दोनों ने हाथ मिलाया और एक-दूसरे को अपने पास खींचने की कोशिश की। इससे दोनों को एक-दूसरे की ताक़त का अहसास हो जाता है। रामजी सिंह मन-ही-मन बुदबुदाता है, 'इस बार उसका पाला किसी साधारण पहलवान से नहीं पड़ा है। उसे होशियारी से खेलना होगा। केवल ताक़त के बूते इस पहलवान को नहीं हराया जा सकता।' बनारस के रहनेवाले अनंत राम भार्गव बतौर रेफरी दोनों के दाँवपेच को देखकर समझ गए थे कि यह मामला जल्दी फरियानेवाला नहीं है। पहलवानी में वे खुद 1948 के ओलंपियन रह चुके थे, इसलिए दाँवपेच की बारीकियों को समझते थे। एक और रेफरी लच्छू साह (पूर्व प्राचार्य, फिजिकल ट्रेनिंग कॉलेज, राजेंद्र नगर, पटना) भी मुक़ाबले पर नज़र रखे हुए थे। रेफरी जितनी नज़र रख लें लेकिन लोगों की नज़र तो नये उभरते पहलवान रविंद्र पर थी। हर कोई उसके शारीरिक सौष्ठव व फुर्ती का कायल था। समय बीतने के साथ ही लोगों के दिलों की धड़कन भी बढ़ रही थी। हार-जीत के फ़ैसले का लमहा लंबा होते जा रहा था। आयोजकों के चेहरे पर चिंता की लकीरें उभरने लगीं। तनाव का माहौल बन गया। समर्थकों के बीच नारेबाज़ी को लेकर गरमा-गरमी हो जाती।

इधर, रविंद्र भी काफ़ी उलझन में था। इस बार उसका पाला किसी देहाती पहलवान से न पड़कर सीआरपीएफ के पहलवान से पड़ा था। मिलिट्री और देहाती दोनों तरह की ट्रेनिंग के चलते ही रविंद्र अन्य पहलवानों से अलग दिखता था। उसमें दम साधने की अद्भुत क्षमता थी। वह एक साथ दो तरह का दाँव लगा सकता था। अपने प्रतिद्वंद्वी को इतना थका देता, जिससे उसकी ताक़त क्षीण पड़ने लगती थी। ...और वही हुआ यहाँ भी। धीरे-धीरे रामजी सिंह निढाल पड़ने लगे। तभी भीड़ चिल्ला पड़ती है। "अरे! देखो-देखो, रविंद्र ने रामजी सिंह को 'ढाक' दाँव में फँसा लिया है। अब नहीं बचेगा जवान...गया भाई, ऊ तो काम से गया।" देखते-ही-देखते रविंद्र पहलवान ने रामजी सिंह को चारों खाने चित कर दिया। लोगों के साथ ही रेफरी व आयोजक भी अवाक रह जाते हैं। कुछ देर के लिए वहाँ सन्नाटा पसर जाता है। सीआरपीएफ के अधिकारियों को यह रास नहीं आता है लेकिन कोई करे तो क्या करे! कुश्ती बंद कमरे में तो हो नहीं रही थी। हज़ारों लोग इस जीत के गवाह बने थे। रेफरी ने रविंद्र को विजयी घोषित कर

दिया था। साथ ही आयोजकों ने भी पहलवान की जीत की उद्घोषणा कर दी थी। इधर, रामजी सिंह परेशान हो गए क्योंकि इस दंगल के आधार पर ही बिहार से पहलवानों का चयन होना था, जो दिल्ली में राष्ट्रीय स्तर की कुश्ती में भाग लेते।

जब दिल्ली में भारत केसरी से हुई भिड़ंत

सीआरपीएफ के पहलवान रामजी सिंह को हराने के बाद रविंद्र पहलवान का दिल्ली जाना तो तय हो जाता है लेकिन अब भी एक मौक़ा था जिससे रामजी सिंह का चयन भी नेशनल खेलने के लिए हो सकता था। अभी एक दंगल और बचा हुआ था, जिसे जीतने वाले को दिल्ली का टिकट मिल जाता। लेकिन यह केवल और केवल रविंद्र पहलवान की चाहत पर निर्भर थी। रामजी सिंह ने रविंद्र के साथ रहे योगेंद्र शर्मा से गुज़ारिश की और कहा- "यदि आप पहलवान को प्रेसिडेंट गोल्ड मेडल वाले दंगल में भाग लेने से रोक दीजिएगा तो मैं यह कुश्ती आसानी से जीत जाऊँगा। " "अच्छा देखते हैं बात करके लेकिन पक्के तौर पर कुछ नहीं कह सकता। " योगेंद्र शर्मा ने रामजी सिंह से कहा। उम्र का फ़ासला कम होने के कारण रविंद्र और योगेंद्र में काफी छनती थी। लेकिन रिश्ते में चाचा लगने के कारण पहलवान मर्यादा का भी ख़्याल रखता और उनकी इज़्ज़त करता। शर्मा ने पहलवान से कहा- "रामजी सिंह कह रहा था कि अगर तुम प्रेसिडेंट गोल्ड मेडल वाले प्रतियोगित में भाग नहीं लोगे तो उसका चयन दिल्ली जानेवाली टीम में हो सकता है। " पहलवान ने कुछ देर सोचा और उनसे पूछा- "आप क्या कहते हैं? " शर्मा ने कहा- "तुम्हारा चयन तो दिल्ली जाने के लिए हो ही गया है, एक मौक़ा रामजी सिंह को दे दिया जाए। " इस पर दोनों की सहमति बनते ही रामजी सिंह को सूचित कर दिया जाता है कि आपके लिए मैदान खाली है। रविंद्र प्रेसिडेंट गोल्ड मेडल वाले दंगल से अपने आपको अलग कर लेता है जिसका सीधा फ़ायदा रामजी सिंह को मिल जाता है। रामजी का रुतबा ऐसा था कि छोटे-मोटे पहलवान बिना लड़े ही हार मान लेते थे। अखाड़े में कोई पहलवान लड़ने नहीं पहुँचा और रामजी सिंह वॉक ओवर देकर विजयी घोषित कर दिया गया।

रविंद्र पहलवान और रामजी सिंह के साथ ही बिहार से छह और पहलवानों का चयन दिल्ली में आयोजित होनेवाले राष्ट्रीय दंगल प्रतियोगिता के लिए होता

है। प्रतियोगिता में भारत केसरी करतार सिंह ने भी हिस्सा लिया था। जैसे-जैसे खेल का स्तर बढ़ रहा था वैसे-वैसे रविंद्र पहलवान के खानपान और ट्रेनिंग को लेकर भी सख़्ती बढ़ती गई। नंद शर्मा ने मिथिलेश से कहा- "रविंद्र को राष्ट्रीय प्रतियोगिता में भाग लेने दिल्ली जाना है। उसकी ट्रेनिंग व खानपान पर विशेष ध्यान देना होगा। " गाँव के मिथिलेश सिंह रविंद्र के दोस्त भी थे और उसके खानपान का ध्यान भी रखते थे। उन्होंने रविंद्र की डाइट पहले से बढ़ा दी। अब हर दिन लगभग डेढ़ सौ ग्राम घी, दो सौ ग्राम काग़ज़ी बादाम, दो किलो दही और रात में खाना खाने के बाद तीन किलो ठंडा किया हुआ दूध पीने के लिए दिया जाने लगा। इसके अलावे सप्ताह में दो दिन एक किलो चिकेन या एक किलो मटन का भी प्रबंध किया जाता। इस भोजन को पचाने के लिए प्रतिदिन दो हज़ार बैठक और दो हज़ार दंड लगवाए जाते। दिन में दो लड़के की ड्यूटी केवल तेल मालिश करने की थी। दो सौ ग्राम सरसों तेल से उनके बदन को रगड़ा जाता था। केवल रविवार को तेल की मालिश नहीं होती और बदन को सूखा छोड़ दिया जाता। तेजबिगहा के मिथिलेश सिंह के मज़बूत कंधों और उनके रविंद्र प्रेम को देखते हुए उन्हें यह भार दिया गया था। वे अपनी ज़िम्मेवारी को बख़ूबी अंजाम दे रहे थे। "अरे, क्या यार ! जान ही ले लेगा। इतना तो सेना की ट्रेनिंग में भी नहीं करना पड़ता था। " रविंद्र ने मिथिलेश से कहा। "अरे यार ! तुम नहीं समझ रहे हो ! ताक़त रहेगा तभी दाँव काम करेगा। दिल्ली, हरियाणा के पहलवानों के बारे में मैंने सुन रखा है। वे काफ़ी ताक़तवर होते हैं। " मिथिलेश ने रविंद्र को समझाते हुए कहा। रविंद्र भी समझ गया कि मिथिलेश मानेगा नहीं, उससे पूरी वर्ज़िश करवाकर ही दम लेगा। मिथिलेश ने कहुआ (अर्जुन वृक्ष) के पेड़ से 35 फीट की ऊँचाई पर एक रस्सा लटकाया और रविंद्र को उसे पकड़कर चढ़ने के लिए कहा। शुरू में तो रविंद्र ने आनाकानी की लेकिन मिथिलेश के सख़्त रवैये को देखते हुए उसने चढ़ जाने में ही भलाई समझी। शरीर को फुर्तीला बनाए रखने के लिए हर रोज़ यह एक्सरसाइज रविंद्र से करवाई जाती।

देखते-देखते दिल्ली जाने का दिन भी नजदीक आ गया। अपने-अपने वज़न भार में बिहार से आठ पहलवानों का चयन हुआ था। पटना से सभी पहलवान रेफरी लच्छू साह के नेतृत्व में दिल्ली के लिए रवाना होते हैं। दिल्ली

पहुँचने के बाद सभी को खेल के नियम व बारीकियों से अवगत कराया जाता है। यह राष्ट्रीय स्तर का दंगल था और देश के अन्य हिस्सों से भी कई नामी-गिरामी पहलवान प्रतियोगिता में भाग लेने पहुँचे थे। सभी पहलवानों के लिए यह बिल्कुल नया अनुभव था। अलग-अलग वज़न भार के मुताबिक कौन किससे लड़ेगा, यह अभी पता नहीं चला था। हालाँकि रेफरी सह कोच लच्छू साह यह पता करने में अपनी सारी ऊर्जा लगा देते हैं कि उनकी टीम के पहलवानों की भिड़ंत किससे होगी? वे बार-बार अपने पहलवानों का हौसला बढ़ा रहे थे। उन्हें मालूम था कि होम ग्राउंड से बाहर मैच खेलना हर किसी के मनोदशा के अनुकूल नहीं होता है। अपने समर्थकों व ग्रामीणों के बीच जब कोई पहलवान कुश्ती लड़ता है तो हौसलाअफ़ज़ाई से उसके खेल पर सकारात्मक असर पड़ता है।

लच्छू साह के माथे पर शिकन की लकीरें देख आठों पहलवान उन्हें घेर लेते हैं और पूछने लगते हैं, "क्या हुआ उस्ताद? आप इतने चिंतित क्यों हैं?" उस्ताद गहरी साँस लेते हैं और गंभीर मुद्रा में कहते हैं, "भारत केसरी करतार सिंह से तुमलोगों में से किसी एक का सामना होनेवाला है। मुझे किसी एक पहलवान का नाम चुनकर आयोजकों को देना है।" इतना सुनते ही वहाँ एक अजीब-सी डर वाली शांति छा जाती है। लच्छू साह को करतार सिंह के दाँवपेच और पहलवानी के बारे में पता था। अन्य पहलवानों ने भी नाम सुन रखा था, क्योंकि भारत केसरी होना अपने आप में बड़ी बात थी। लच्छू साह रात भर करवटें बदलते रहे और सोचते रहे कि किसका नाम दिया जाए? टीम में रविंद्र पहलवान और रामजी सिंह ही दो ऐसे पहलवान थे, जिनपर विचार किया जा सकता था। दोनों ही पहलवानों के खेल से वे वाक़िफ़ थे। सुबह होते-होते उन्होंने नाम फ़ाइनल कर लिया था। उन्हें पता था कि करतार के सामने वही टिक पाएगा जिसके पास ताक़त, फुर्ती, दाँव और दम साधने की साधना होगी। लच्छू साह ने आयोजकों के पास करतार सिंह से मुक़ाबले के लिए रविंद्र पहलवान का नाम भेज दिया।

उस वक्त सीडी, वीडियो, इंटरनेट आदि का प्रचलन नहीं था, लिहाज़ा कोई किसी के खेल को देखकर उसकी कमजोरियों को आंक नहीं सकता था;

जो होना था, अखाड़े में ही होना था। नियत दिन, समय व स्थान पर सभी लोग इस रोमांचक मुक़ाबले को देखने के लिए जमा होते हैं। भारत केसरी से लड़ने वाले की चर्चा लाज़िमी थी। करतार सिंह के साथ-साथ रविंद्र पहलवान भी केंद्र बिंदु में बने हुए थे। रविंद्र के लिए न सिर्फ माहौल बल्कि सबकुछ नया था। जहाँ अबतक वे अखाड़े की मिट्टी को प्रणाम कर, माथे पर उसका तिलक लगा कुश्ती की शुरुआत करते थे, वहीं दिल्ली में उनके सामने गद्दे (एक विशेष प्रकार का डनलप) वाला अखाड़ा था। नियम-क़ायदे भी सब नये थे। खैर, इसी बीच एनाउंसमेंट होता है कि अब कुछ ही देर में करतार सिंह और रविंद्र पहलवान के बीच मुक़ाबला शुरू होनेवाला है।

इस प्रतियोगिता के ख़ास आकर्षण उस वक़्त के रेफरी दारा सिंह थे। पहले अखाड़े में दारा सिंह पहुँचे फिर बारी-बारी से करतार सिंह और रविंद्र पहलवान भी आ जाते हैं। शुरू हो जाता है अबतक का सबसे रोमांचक मुक़ाबला। दर्शकों की कमेंट्री भी चालू थी। एक बोलता है, "गजब ! कमाल है...बिहार का यह लड़का तो काफ़ी सधा हुआ पहलवान दिखता है। इसकी फुर्ती देख रहे हो। करतार को दाँव लगाने का मौक़ा ही नहीं दे रहा है। काफ़ी होशियारी से खेल रहा है। " कई राउंड बीत जाते हैं लेकिन हार-जीत का फ़ैसला नहीं हो पाता है। करतार सिंह भी अचंभे में था कि छोकरा-सा दिखनेवाला ये पहलवान उसके हाथ क्यों नहीं आ रहा है ! इधर, रविंद्र पहलवान ने भी पूरा दमख़म लगा रखा था। आख़िर स्टेट वाली बात थी। जब ताक़त से कोई परिणाम नहीं निकलता है तब प्वाइंट का सहारा लिया जाता है। घोषणा होती है कि प्वाइंट के आधार पर हार-जीत का फ़ैसला होगा। ...और यहीं ख़त्म हो जाती है बिहार की सारी उम्मीद क्योंकि करतार सिंह प्वाइंट वाली कुश्ती के माहिर खिलाड़ी थे। अब पहलवान के लिए उन्हें हराना मुश्किल ही नहीं नामुमकिन-सा हो गया। धीरे-धीरे करतार सिंह के प्वाइंट बढ़ते चले गए और रविंद्र पहलवान 'भारत केसरी' करतार सिंह से दिल्ली का दंगल हार गए।

करतार सिंह ने प्रतियोगिता जरूर जीती थी लेकिन वहाँ मौजूद लोगों का दिल रविंद्र पहलवान ने ही जीता था। कुश्ती लड़ने की उनकी शैली और दमख़म

देखकर दर्शकों के साथ ही बड़े पहलवान भी उनके कायल बन जाते हैं। कई नामी उस्तादों ने हार के बावजूद उन्हें शाबाशी दी। दिल्ली में रह रहे तत्कालीन मंत्री जगजीवन राम तक यह ख़बर पहुँची कि बिहार से पहलवानों की एक टीम आई हुई है, नेशनल खेलने। उन्होंने अपने पीए से कहा- "पता करिए, बिहार से कितने खिलाड़ी आए हैं? उन्हें सम्मानपूर्वक मेरे आवास पर खाने पर आमंत्रित कीजिए। खेल के बाद शिष्टाचारवश सारे पहलवानों को खाने पर अपने आवास बुलवाया और सभी से मुलाक़ात की। भोजन के दौरान ही उन्हें रविंद्र पहलवान और करतार सिंह के बीच हुए मुक़ाबले की दास्तान सुनाई गई। उन्होंने रविंद्र पहलवान की पीठ थपथपाई और कहा- "करतार सिंह के सामने इतनी देर टिक जाना ही बहुत बड़ी बात है। मैं आपके उज्ज्वल भविष्य की कामना करता हूँ।"

प्रतियोगिता में पार्टिसिपेट करने के बाद सभी पहलवान वापस पटना लौट आते हैं। एक हज़ार किलोमीटर की यात्रा ने सबको थका दिया था। घर जाने के लिए सभी एक-दूसरे से विदा लेते हैं। रविंद्र भी जहानाबाद जाने के लिए पटना से ट्रेन पकड़ लेता है और वहाँ से टमटम लेकर सीधा अपने गाँव तेजबिगहा पहुँच जाता है।

रविंद्र की कहानी सुनाते-सुनाते नंद शर्मा इतना खो जाते हैं कि अपनी दवाई खाना भी भूल जाते हैं। घर के अंदर से पोते की आवाज़ आती है, "बाबा दवाई खाने का वक़्त हो गया है, अंदर आ जाइए।" अपनी लाठी के सहारे धीरे-धीरे चलकर वे घर के अंदर चले जाते हैं। इधर, खटिया पर बैठे-बैठे पुलिसवालों का शरीर भी अकड़ गया था, वे लोग भी नंद शर्मा से इज़ाज़त लेकर गाँव घूमने निकल जाते हैं। इस बीच पुलिस की दूसरी टीम को अहम सुराग़ हाथ लग जाता है। पता चलता है कि गोली चलानेवाले का क़नेक्शन मोकामा से है। गया में हुई फ़ायरिंग का तार बाहुबलियों के गढ़ मोकामा से जुड़ते ही पुलिस ख़ौफ़ में आ जाती है। मोकामा जाकर जाँच करना अपने आप में एक चुनौती से कम नहीं था। हर टोले में AK 47 वाले रंगबाज़...कब, किधर से गोली चल जाए, कोई नहीं जानता! चौक-चौराहे पर मौत का तांडव। सकरवार और मोलदियार दो बड़े टोले और दोनों के बीच ख़ूनी रंजिश किसी से छिपी नहीं थी। मोकामा

और आसपास के इलाक़ों में वर्चस्व कायम करने को लेकर अहले सुबह से ही फ़ायरिंग शुरू हो जाती। दुश्मनों को गंगा किनारे तक खदेड़कर गोली मारी जाती। पुलिस हलकान, एसपी परेशान...ऐसे में वहाँ जाकर जाँच करना यानी मौत को सीधे-सीधे गले लगाने के समान था। काफी माथापच्ची करने के बाद गया के एसपी ने स्पेशल टीम के लोगों को वहाँ जाँच करने भेजा। टीम के लोग सादे ड्रेस में मोकामा के हर टोले-मुहल्ले की ख़ाक छानने लगे। तस्वीर लेकर एक पान दुकान पर पहुँचते हैं।

“सिगरेट देना। ” एक पुलिसवाला बोलता है।

“कौन-सा? ” दुकानदार पूछता है।

“नेवी कट। ”

“जी। ”

सिगरेट पीते-पीते ही पुलिसवाला पान दुकानदार को तस्वीर दिखाता है और पूछता है, “इसे पहचानते हो। ” “नहीं सर। ” इतना बोलने के साथ ही पान दुकानदार बहुत हिम्मत कर पूछ बैठता है, “आप लोग कौन हैं सर? ” “अपने काम से मतलब रखो। तस्वीर पहचानते हो तो बताओ नहीं तो चुपचाप पान में कत्था लगाओ। ” एक पुलिसवाले ने आवाज़ टाइट कर कहा और हाँ, गीली सुपारी के साथ एक बनारसी पान लगाओ। थोड़ी देर के बाद वे लोग वहाँ से चले जाते हैं। नये-नये चेहरों को मोकामा में घूमते देखकर पैदा हो रहे बाहुबली सतर्क हो जाते हैं और कुछ दिनों के लिए अपनी गंदी हरकतें बंद कर देते हैं। इधर, टीम के लोगों को ख़बर मिलती है कि कुछ संदिग्ध लोग बड़हिया-लखीसराय में घूमते देखे गए हैं। आनन-फ़ानन में टीम मोकामा से बड़हिया के लिए चल देती है। जैतपुर-मानिकपुर सहित कई गाँवों में छापा मारा जाता है। संदिग्ध लोगों के घरों की तलाशी ली जाती है। अभी खोजबीन चल ही रही थी कि टीम के मुखिया के पास एसपी का फोन आता है, “तुमलोग वापस गया चले आओ। जिसकी तलाश कर रहे हो, वो वहाँ नहीं है। ” एसपी साहब को अपने मुखबिरों से पता चल गया था कि जिसकी तलाश में पुलिस वहाँ खाक छान रही है, वह वहाँ से नौ-दो-ग्यारह हो चुका है। अब नये सिरे से जाँच को आगे बढ़ाना होगा।

इधर, पुलिस की पहली टीम के सदस्य, जो तेजबिगहा में गोली लगनेवाले के बारे में जानकारी इकट्ठा कर रहे थे, वे गाँव घूमकर वापस नंद शर्मा की कुटिया में पहुँच जाते हैं। दवाई खाने के बाद नंद शर्मा खटिया पर आराम फरमा रहे थे। वे आँखें बंद कर सोने की कोशिश में कई करवटें ले चुके थे लेकिन बुढ़ापे में जल्दी नींद कहाँ आती है, आँखें बंद थीं...मन जाग रहा था। तभी पुलिसवालों की आहट से वे चौंक पड़ते हैं, "कौन, कौन है वहाँ? नंद शर्मा हड़बड़ाकर पूछते हैं। "जी हमलोग हैं ख़ाकीवाले। आप हमलोगों को कहानी सुना रहे थे। " एक पुलिसवाले ने कहा। "ओ, हाँ, हाँ...आइए बैठिए। कहाँ पर थे हमलोग? " उन्होंने पुलिसवाले से पूछा। "वो भारत केसरी करतार सिंह से हारने के बाद रविंद्र पहलवान वापस अपने गाँव तेजबिगहा लौट आते हैं। " एक पुलिसवाले ने कहा। "हाँ-हाँ, याद आ गया। " नंद शर्मा ने कहा। वे आगे कहना शुरू करते हैं, "अब गामा के खानदानवाले उसके पीछे पड़ जाते हैं। " कहते-कहते वे कब पुरानी स्मृतियों में खो जाते हैं, उन्हें पता ही नहीं चलता।

अब गामा के ख़ानदानवाले पीछे पड़ गए

दिल्ली में 'भारत केसरी' करतार सिंह से हारने के बाद रविंद्र को थोड़ी निराशा तो थी। 'कहाँ चूक हो गई? कहीं मेहनत में कोई कमी तो नहीं रह गई?' इस तरह की बातें पहलवान के मन में चल रही थीं। इधर, पटना में 'बिहार केसरी' प्रतियोगिता को लेकर आयोजन की रूप-रेखा तैयार की जा रही थी। नामचीन पहलवानों का जमावड़ा लगनेवाला था। कई बड़े नाम प्रतियोगिता में हिस्सा लेने के लिए हाँ कर चुके थे। विवेका पहलवान (बाढ़) , रामधनी पहलवान (बेतिया) और सियाराम पहलवान (बड़हिया) ने आने की हामी भर दी थी। दिल्ली से लौटने के बाद मगध क्षेत्र में रविंद्र का नाम भी अब बड़े पहलवानों की श्रेणी में शुमार हो जाता है। बिहार से बाहर भी उसके दाँवपेच की चर्चा होने लगी थी। उसी समय उत्तर प्रदेश में बहुत तेजी से पहलवानी में एक नया नाम उभर रहा था। हर कोई उसके दाँवपेच का कायल था। जहाँ भी वह जाता उसे देखने के लिए भीड़ लग जाती। गामा के ख़ानदान से जुड़े होने के कारण भी लोग उसे देखना चाहते थे।

गामा पहलवान को कौन नहीं जानता है ! उनका असली नाम गुलाम मुहम्मद बख़्श था। 22 मई, 1878 ईस्वी को पंजाब के अमृतसर के जब्बोवाल गाँव के एक कश्मीरी गुर्जर परिवार में जन्म हुआ था। महज़ दस साल की आयु से उन्होंने पहलवानी शुरू कर दी थी। पत्थर के डंबल से बॉडी बनाते। अपने मामा इड़ा पहलवान की देखरेख में पहलवानी के गुर सीखे। उस वक़्त दुनिया में कुश्ती के मामले में अमेरिका के "जैविस्को" का काफ़ी नाम था। लेकिन गामा ने उसे भी परास्त कर दिया था। कहने वाले तो यहाँ तक कहते हैं कि पूरी दुनिया में गामा को कोई हरा नहीं सका और उन्हें वर्ल्ड चैंपियन का ख़िताब मिला। भारत-पाक बँटवारे के समय वे अपने परिवार के साथ लाहौर चले गए थे। वहीं मई, 1960 में उनकी मृत्यु हो जाती है।

गामा पहलवान के ख़ानदान से जुड़े 'इलाहाबाद केसरी' भोलू पहलवान

का उत्तर प्रदेश में बड़ा नाम हो चला था। अब वह अपनी ताक़त को सूबे से बाहर जाकर देखना चाहता था। रविंद्र पहलवान के क़िस्से उस तक भी पहुँच रहे थे। उसकी ताक़त और दाँव की बाज़ीगरी की कहानी सुन-सुनकर भोलू के कान पक गए थे। अब उससे रहा नहीं जाता है। वह हर हाल में रविंद्र से दो-दो हाथ करने की ठान लेता है। शागिर्दों से अपने मन की बात कहता है। एक चेला भोलू को खुश करने के लिए बोल पड़ता है, "भईया हम बिहार के दो-तीन बड़े उस्ताद को जानते हैं, आप बोलिए तो उनतक यह ख़बर पहुँचवा देते हैं। " "ठीक है ख़बर पहुँचवा दो। " भोलू पहलवान ने उत्सुकतावश कहा। यही तो भोलू कब से चाह रहा था। यह बात उस समय के नामी ख़लीफ़ा रहे झूलन पहलवान तक पहुँचा दी जाती है। झूलन बिहार में कुश्ती के बड़े आयोजकों में से एक थे। उन्होंने बहुत दिनों से कोई बड़ा आयोजन नहीं करवाया था। वे भी इस फ़िराक़ में ही थे कि कोई बढ़िया जोड़ा मिले तो दमदार दंगल का आयोजन करवाया जाए। जैसे ही उन्हें भोलू पहलवान की ओर से कुश्ती लड़ने का प्रस्ताव मिलता है, वैसे ही वे रविंद्र से संपर्क साधते हैं। उनका दूत रविंद्र से मिलने तेजबिगहा पहुँच जाता है। "क्या हालचाल है हरेराम? कैसे इधर का रास्ता भटक गए? " रविंद्र के चाचा नंद शर्मा बोलते हैं। "जी मालिक रास्ता नहीं भटके हैं आप ही से मिलने आए हैं। " हरेराम नम्र स्वर में कहता है। इलाक़े में सबको मालूम था कि रविंद्र अपने प्रिय चाचा नंद शर्मा की इज़ाज़त के बग़ैर किसी से भी कुश्ती नहीं लड़ता था। चाचा की सहमति मिलने के बाद ही वह कहीं जाता था। हरेराम झूलन ख़लीफ़ा का प्रस्ताव नंद शर्मा के सामने रख देता है। चाचा कुछ देर सोचते हैं और फिर मुक़ाबले की सहमति प्रदान कर देते हैं। उन्हें लगता है कि भोलू भी कोई साधारण पहलवान नहीं था। उसे 'इलाहाबाद केसरी' का तमग़ा मिला हुआ था। हार या जीत दोनों में ही रविंद्र को ख़्याति ही मिलनी है। हालाँकि उन्हें अपने भतीजे पर पूरा यक़ीन था कि वह भोलू को चारों खाने चित कर देगा। रविंद्र की ओर से सहमति मिलने के बाद झूलन ख़लीफ़ा आकोपुर (मखदुमपुर) में दोनों पहलवानों के बीच मुक़ाबले की तिथि मुक़र्रर कर देता है। नियत तिथि वाले दिन रविंद्र पहलवान से ज़ोर-आज़माइश की इच्छा लिए भोलू पहलवान बिहार आ जाता है।

दो नामचीन पहलवानों की कुश्ती देखने नियत दिन, समय व स्थान पर काफ़ी संख्या में लोग जुट जाते हैं। यह बात जंगल की आग की तरह पूरे इलाक़े में फैल जाती है कि यूपी से एक बड़ा पहलवान आ रहा है, जिसका मुक़ाबला रविंद्र पहलवान के साथ होना है। पहली बार लोग पहलवानी को बिहार और यूपी की निगाह से देखने लग जाते हैं। अखाड़ा सजा हुआ था। रविंद्र पहलवान के समर्थक जोशीले नारों से उसका उत्साह बढ़ा रहे थे। थोड़ी देर में ही दोनों पहलवान अखाड़े में आ जाते हैं। सबकी निगाहें इलाहाबाद केसरी भोलू पहलवान पर थी। उसके समर्थक हार-जीत को लेकर कयास लगा रहे थे। इधर, रविंद्र भी चोट खाए शेर के समान इस मुक़ाबले को हर हाल में जीतना चाहता था। दिल्ली वाला मुक़ाबला छोड़ दें तो हर दंगल में उसे जीत मिली थी। जब एक बार किसी को लगातार जीतने की आदत लग जाती है तो हार का सेहरा पहनना उसके लिए किसी सदमे से कम नहीं होता। इसलिए पहलवान ने इस मुक़ाबले में सबकुछ दाँव पर लगा दिया। यह सन् 1978 के आसपास की बात थी।

अखाड़े के चारों तरफ इतनी भीड़ जमा हो गई कि तिल रखने की भी जगह नहीं बची थी। भोलू और रविंद्र के समर्थकों के बीच हार-जीत को लेकर बहसबाज़ी ज़ोर पकड़ चुकी थी। दो राउंड तो आराम से दोनों पहलवानों ने खेला। दोनों को समझ में आ गया कि मुक़ाबला इतना आसान नहीं है। इलाहाबाद केसरी भोलू पहलवान ने रविंद्र पहलवान के बारे में जितना सुन रखा था, अखाड़े में उससे ज़्यादा देखने को मिल रहा था।

इधर, आयोजकों के माथे पर भी शिकन की लकीरें खींच रही थीं। हार-जीत में देरी से समर्थकों का उबाल बढ़ रहा था। माहौल तनावपूर्ण लेकिन नियंत्रण में था। नारेबाज़ी चरम पर थी। इसी बीच मंच से एनाउंसमेंट होता है कि बिहार के कद्दावर नेता रामाश्रय प्रसाद सिंह हमलोगों के बीच पधार चुके हैं। उन्हें मुख्य अतिथि बनकर इस प्रतियोगिता में पहले ही आना था लेकिन किसी कारणवश थोड़ा विलंब हो गया था। कुछ देर रुकावट के बाद रोमांचक मुक़ाबला फिर शुरू होता है। रेफरी ने सीटी बजाई नहीं कि दोनों पहलवान लड़ना शुरू कर देते हैं। लोग एकटक बिना पलक गिराए खेल को देखे जा रहे थे।

कोई सेकेंडभर के लिए भी अपने आपको इस दृश्य से ओझल नहीं करना चाहता था। क्योंकि पलभर में ही दाँव लग जाता और दोनों में से कोई एक चित। पसीने से तरबतर दोनों पहलवान हार मानने को तैयार नहीं थे। आख़िरकार जब सारा दाँव फेल कर गया तो रविंद्र ने ब्रह्मास्त्र का सहारा लिया।

फ़ाइनल राउंड का मुक़ाबला हो रहा था। इतनी देर में भोलू पहलवान समझ गया था कि हाथ पकड़ने नहीं देना है क्योंकि कुश्ती लड़ने के दौरान उसे रविंद्र पहलवान की ताक़त का आभास हो गया था। दोनों गोल-गोल घूम रहे थे। इसी बीच रविंद्र तेजी से नीचे झुकता है और भोलू के पैर को पकड़कर नचा देता है। पट दाँव लगाने के लिए इतना समय काफ़ी था। भोलू कुछ समझ नहीं पाता है कि उसके साथ क्या हो रहा है? जब तक वह अपने आपको सँभालता तब तक पट दाँव का ब्रह्मास्त्र उस पर चल चुका था। भोलू पहलवान चारों खाने चित हो जाता है। रविंद्र पहलवान का हाथ उठाकर रेफरी जीत की घोषणा करता है। भोलू पहलवान उन्हें प्रणाम करता है और अखाड़े से बाहर निकल जाता है।

रामाश्रय प्रसाद सिंह तल्लीनता से दोनों पहलवानों का खेल देख रहे थे। सहसा उन्हें यक़ीन नहीं होता है कि उनकी आँखों के सामने ही 'इलाहाबाद केसरी' को उनके क्षेत्र का ही एक पहलवान पटक देता है। उन्होंने मंच से ही कहा- "उन्हें इस बात का तनिक भी भान नहीं था कि उनके आसपास ही इतना प्रतिभाशाली व ताक़तवर पहलवान रहता है। " उन्होंने रविंद्र पहलवान के खेल की जमकर तारीफ की और उन्हें सम्मानित भी किया। भोलू की हार की ख़बर बड़े-बड़े पहलवानों तक जा पहुँचती है। कुछ पहलवान रविंद्र के बढ़ते कद से जलने लगते हैं। उसके विजय रथ को रोकने की मंशा लेकर वे लोग पहलवान त्रिवेणी सिंह की शरण में जाते हैं, क्योंकि उनके संपर्क में बाहर के काफ़ी पहलवान थे, जो रविंद्र पहलवान को चुनौती दे सकते थे। इलाहाबाद केसरी भोलू पहलवान को हराने के बाद रविंद्र पहलवान जब अपने गाँव लौटे तो जश्न का माहौल था। कंधे पर उठाकर उन्हें पूरे गाँव में घुमाया जाता है। रविंद्र पर आगे के दंगल में भी जीत बरकरार रखने का दबाव था, लिहाज़ा वर्ज़िश का समय बढ़ा दिया जाता है और नये-नये दाँव का अभ्यास ज़्यादा-से-ज़्यादा करवाया जाता

है। पट दाँव के साथ ही रविंद्र काला जंग, टाँग, धोबियापाट और ढाक दाँव की प्रैक्टिस भी शुरू कर देता है। इनसब में सबसे खतरनाक दाँव 'ढाक' दाँव है। इसमें सामनेवाले को कमर पर लादकर बोरे के समान ज़मीन पर पटक दिया जाता है। ताक़त के साथ फुर्ती दिखानी पड़ती है। गाजीपुर के नामी पहलवान मंगला राय इस दाँव के माहिर पहलवान थे। दम पचवाने के लिए दौड़ पर विशेष ध्यान दिया जाता। हर रोज आठ किलोमीटर तो दौड़ना ही पड़ता था रविंद्र को। इधर, पहलवान दिन-रात मेहनत कर अपने शरीर को चुस्त-दुरुस्त बना रहा था, उधर उससे कौन लड़ेगा, उसकी खोज हो रही थी? इसी बीच त्रिवेणी सिंह को बाढ़ के एक पहलवान के बारे में पता चलता है, जो महाराष्ट्र के कोल्हापुर से कुश्ती का दाँवपेच सीखकर अपने गाँव आया था। आते ही उसने बिहार पुलिस के जवान और नामी पहलवान लाल बहादुर सिंह को एक मुक़ाबले में चित कर दिया था। त्रिवेणी सिंह को उस पहलवान के बारे में जानने की उत्सुकता होती है। वे अपने शागिर्दों को बाढ़ के उस पहलवान के बारे में पता लगाने का आदेश देते हैं। जल्द ही उन्हें मालूम चलता है कि उस पहलवान का नाम 'विवेका' है जिसने कोल्हापुर में 'हिंद केसरी दीनानाथ सिंह' से कुश्ती के दाँवपेच सीखे हैं। अब उनकी तलाश ख़त्म हो जाती है। उस वक़्त कोल्हापुर के पहलवानों का एक अलग ही रुतबा था। जैसे आजकल इंजीनियरिंग-मेडिकल के लिए लड़के कोटा जाते हैं, उसी तरह उस समय कुश्ती सीखने के लिए लड़के महाराष्ट्र के कोल्हापुर जाया करते थे। गोरखपुर के रहनेवाले भारत भीम जनार्दन सिंह को हराने के बाद तो विवेका पहलवान का नाम तेजी से पूरे सूबे में फैल जाता है। बाढ़, बड़हिया, मोकामा के इलाक़े में तो उनके नाम की तूती बोलने लगती है। कई छोटे पहलवानों को जब पता चलता कि विवेका पहलवान से उनका मुक़ाबला होनेवाला है तो वे बिना लड़े ही अपनी हार कबूल कर लेते। इस तरह विवेका उधर के सर्वमान्य पहलवान हो गए। त्रिवेणी सिंह को रविंद्र से मुक़ाबले के लिए ऐसे ही पहलवान की तलाश थी, जो ताक़त और दाँव दोनों में माहिर हो।

गया के बेलागंज का शेखपुरा-नेहालपुर एक बड़े मुक़ाबले का गवाह बनने वाला था। जिस मैदान में कुश्ती का आयोजन हुआ था, वहाँ आज महाबोधि कॉलेज है। यह सन् 1979 की बात थी। इस बार कुश्ती देखने के लिया वहाँ

यूपी और हरियाणा से भी लोग आए थे। पहलवानी का लोगों में ऐसा क्रेज था कि दूरदराज़ से लोग खिंचे चले आते थे। सबकुछ तय हो गया। लिवेणी सिंह के दूत ने रविंद्र पहलवान तक यह ख़बर पहुँचा दी कि इस बार उनका मुक़ाबला बाढ़ के विवेका पहलवान से होगा। हर बार की तरह इस बार भी रविंद्र ने कुश्ती लड़ने की हामी भर दी। तेजबिगहा के लोगों का सबसे प्रिय शगल दंगल ही था। कुश्ती के दाँवपेच और ताक़त को लेकर हर घर में हर किसी के पास अपना-अपना दावा था। रविंद्र पहलवान की ताक़त के बारे में कई क़िस्से मशहूर हैं। एक बार शनिचरा दा के दामाद नयी कार से अपनी ससुराल तेजबिगहा आते हैं। उनकी एंबेसडर कार खलिहान में खड़ी थी। रात में बारिश होने लगती है। सुबह लोगों ने देखा कि कार का आधा हिस्सा पानी के अंदर चला गया है। ड्राइवर जी-जान लगा देता है लेकिन कार टस-से-मस नहीं होती है। कार का चक्का दलदल में बुरी तरह फँस चुका था। कार स्टार्ट तो हो रही थी लेकिन गियर काम नहीं कर रहा था। चक्का दलदल में स्लिप कर रहा था। थकहार कर ड्राइवर कार से बाहर आ जाता है। अब लोगों को एक ही नाम सूझ रहा था, वो था रविंद्र पहलवान का। उन्हें बुलाया जाता है। वे पहले कार को पीछे की साइड से उठाकर उसके दोनों चक्कों को दलदल से बाहर निकालते हैं, फिर इसी तरह से आगे की साइड से भी दोनों चक्कों को पानी से बाहर निकाल कार को सुरक्षित स्थान पर रख देते हैं। कार पूरी तरह से दलदल से बाहर निकल जाती है। ड्राइवर की खुशी का ठिकाना नहीं रहता है। वह रविंद्र का बहुत-बहुत धन्यवाद कर कार को वहाँ से लेकर चला जाता है। बाहर से आए मेहमान को जब यह क़िस्सा पता चलता है तो वे दाँतों तले अँगुली दबा लेते हैं। ड्राइवर रास्ते भर आँखों देखी पूरी कहानी उन्हें बताते चलता है।

'45 मिनट' में भी नहीं हो पाया फ़ैसला

शेखपुरा-नेहालपुर में नियत दिन व समय पर सभी लोग कुश्ती देखने के लिए इकट्ठा होते हैं। भीड़ देखकर ही अंदाज़ा लगाया जा सकता था कि आज यहाँ दो बड़े पहलवानों की भिड़ंत होनेवाली है। वहाँ कई लोगों के लिए विवेका पहलवान नया नाम और नया चेहरा थे, लिहाज़ा उन्हें देखने के लिए भी काफ़ी भीड़ जुट जाती है। लोगों के बीच यह चर्चा भी ज़ोरों पर थी कि पहली बार बिहार का कोई पहलवान महाराष्ट्र के कोल्हापुर से कुश्ती के दाँवपेच सीखकर लड़ने आ रहा है। हिंद केसरी 'गुरु दीनानाथ सिंह' से पहलवानी के दाँवपेच सीख लेना अपने आप में बड़ी बात थी। घोषणा होती है, अब कुछ ही देर में पहलवानों के बीच मल्ल युद्ध का खेल शुरू होनेवाला है। इलाक़े के नामी पहलवान लिवेणी सिंह भी मंच पर आ चुके थे। वे मुख्य आयोजनकर्ता भी थे।

अखाड़े में रेफरी के आते ही कुश्ती का खेल शुरू हो जाता है। लगभग दोपहर के एक बज रहे होंगे। पहले छोटे-छोटे पहलवानों को लड़ाया जाता है। फिर कद के हिसाब से अन्य पहलवान अखाड़े में आते हैं। खेल आगे बढ़ता है। अब एनाउंसमेंट होता है कि भोरी के नामी दामोदर पहलवान का मुक़ाबला बाढ़ के विवेका पहलवान के भाई सदानंद सिंह से होगा। इस तरह से कई और पहलवान अखाड़े में अपना दमख़म दिखाते हैं और खेल शनै:-शनै: आगे बढ़ते रहता है। दोपहर के तीन बज जाते हैं। लेकिन अभी तक जनता जिस जोड़े को खोज रही थी, उसका कहीं अता-पता नहीं था। भीड़ में कसमसाहट शुरू हो जाती है। लोग उत्तेजित होने लगते हैं। "अब बहुत हो गया। तखनी से झंडु-झंडु पहलवान को लड़ते देख मन कईसन तो हो गया है। न दाँव की समझ, न फुर्ती बस हाथी जईसन शरीर फूला लेवे से कोई पहलवान थोड़े बन जाता है !" कुश्ती का अनुभवशाली दर्शक चिड़चिड़ाकर बगल में बैठे एक भाईजी से बोलता है। "ठीके बोलअ हथिन भईया। हंगामा करे परतई तभीए ई आयोजकवन के समझ में अतई कि हमनी हियाँ मुरझाएल पहलवान के न बल्कि रविन्दर और विवेका

के मुक़ाबला देखे आइल बानी। ” दूसरे दर्शक ने समर्थन करते हुए कहा। हंगामे की स्थिति बन जाती है। लेकिन मामला बिगड़ता उसके पहले ही आयोजक भी हालात भाँप जाते हैं और जो घोषणा होती है, वह लोगों के दिलों की धड़कन बढ़ा देती है। जिस मुक़ाबले का लोग बेसब्री से इंतज़ार कर रहे थे, वह अब कुछ ही देर में शुरू होने वाला था।

मंच से घोषणा होती है, “शांति बनाए रखिए। आप लोगों को जिस दो पहलवानों का इंतज़ार था, वे कुछ ही पल में आपके सामने अखाड़े में आने वाले हैं। ” बहुत देर से एक ही जगह पर जमे लोगों के लिए यह अच्छा मौक़ा था। वे जल्दी से ‘हलका’ होने निकल पड़ते हैं यानी मूत्र विसर्जन करने। कोई देह-हाथ सीधा करने लगता है। खैनी-चूना, पान-बीड़ी-सिगरेट वाले भी अपना इंतज़ाम कर लेते हैं। थोड़ी ही देर में विवेका पहलवान और रविंद्र पहलवान अखाड़े में आ जाते हैं। भीड़ का उत्साह चरम पर। लोग अपने-अपने पहलवान के समर्थन में जीत के नारे लगाने लगते हैं। बाहुबल और दिमाग़ का अनोखा खेल शुरू हो जाता है। दोनों ही पहलवान सधे हुए थे। दाँव की बाज़ीगरी में निपुण विवेका ने झटके से रविंद्र को अपनी ओर खींचकर दबोचना चाहा लेकिन उन्हें शायद पहलवान की ताक़त का अहसास नहीं था। वे उल्टे रविंद्र की गिरफ्त में आ जाते हैं। इस दंगल को देखने के लिए वहाँ पर लाखों की भीड़ जुटी थी। उसी भीड़ में अरवल के बारा ग्रामवासी बालमुकुंद शर्मा भी दम साधे दोनों पहलवानों की ताक़त का अंदाज़ा लगा रहे थे। “जरा खैनी लगाहिं रे बाबू। मिजाज बनाके देखल जाए ई दूनो की पहलवानी। दूनो तगड़े बुझाता है। लंबा चलेगा ई मुक़ाबला। ” साथ में आए राजू से वे बोलते हैं। राजू अपने भईया बालमुकुंद शर्मा के लिए खैनी में चूना रगड़ने लगता है। “जी भईया ठीके बोल रहे हैं, आप। आपका कुश्ती प्रेम तो जगजाहिर है। देह-दशा तो आपका भी ठीके है भईया। थोड़ा दाँव-साँव सीख लीजिए फिर कौनो आपके सामने टिकेगा। जितना दंगल आप देखे होंगे उतना तो ई पहलवान सब लड़ा भी नहीं होगा। ” राजू मुँह फुलाकर स्टाइल में बोलता है। कुश्ती खत्म होने के बाद उसे पेड़ा भी तो खाना था। अगर बालमुकुंद चालीसा नहीं पढ़ता तो सुखले घर लौटना पड़ता। “अच्छा चल-चल खैनी रगड़। अपन काम कर, ज्यादा दिमाग़ मत चलौअ। ” वे गुस्से में बोलते हैं। राजू उनके

बोलने के तरीके से समझ जाता है कि भईया नाराज़ हो गए हैं। वह ज़्यादा तेल लगाने के चक्कर में उन्हें पहलवान बनने की शिक्षा दे डालता है। हरियाणा और यूपी से भी काफ़ी लोग कुश्ती देखने आए हुए थे। ख़ासकर नामचीन पहलवानों का मजमा लगा हुआ था। दोनों ही पहलवान हार मानने को तैयार नहीं थे। सामने वाला कमजोर हो तो अमूमन कुश्ती पाँच मिनट भी नहीं चलती। दो-तीन मिनट में ही हार-जीत का फ़ैसला हो जाता है। ज़्यादातर पहलवान ताक़तवर तो होते हैं लेकिन दम पचाने में माहिर नहीं होते हैं लिहाज़ा थोड़ी देर में ही वे थकना शुरू कर देते हैं और दम साधनेवाला पहलवान उन्हें आसानी से पटक देता है।

कुश्ती के खेल को TASS से परिभाषित किया जाता है...

T से TRICK - दाँव

A से AGILITY - फुर्ती

S से STRENGTH - ताक़त

S से STAMINA - दम

ये चारों खूबियाँ जिनमें होंगी उन्हें हराना मुश्किल ही नहीं नामुमकिन-सा हो जाएगा...और इस बार ऐसा लग रहा था कि दोनों ही पहलवानों में ये चारों खूबियां कूट-कूटकर भरी हुई हैं। समय की सूई अपने रफ़्तार से आगे बढ़ रही थी लेकिन मुक़ाबले का परिणाम सामने नहीं आ रहा था। दोनों पहलवानों के बीच तीस मिनट की कुश्ती हो चुकी थी लेकिन उनके चेहरे पर कोई शिकन नहीं। ऐसा लग रहा था मानो वे तुरंत ही अखाड़े में उतरे हों। इधर, भीड़ व समर्थकों का अपना अलग ही खेल चल रहा था। पहलवान से ज़्यादा समर्थक ही बेक़ाबू हो रहे थे। आयोजक त्रिवेणी सिंह के माथे पर भी चिंता की लकीरें उभर आई थीं। सभी ने रविंद्र पहलवान को हल्के में लेने की गलती कर दी थी।

विरोधियों को लगा था कि रविंद्र ने किसी नामी गुरु से तो कुश्ती सीखी नहीं है। ऐसे में अगर ढंग का पहलवान उसके सामने होगा तो वह चारों खाने चित हो जाएगा। लेकिन ऐसा हो नहीं रहा था। विरोधियों के मंसूबों पर पानी फिर गया था। रविंद्र के चाचा ही उसके गुरु, दोस्त सब थे। नंद शर्मा, सकलदेव दा, कमल दा, योगेंद्र शर्मा और युगल शर्मा से पहलवान ने इतनी शिक्षा ले ली थी कि उसे

हराना आसान नहीं था। ख़ासकर दम साधने में रविंद्र की कोई सानी नहीं थी; ताक़त तो हाथी के समान थी ही; फुर्ती भी किसी चीते से कम नहीं और दाँव की बाज़ीगरी का तो कहना ही नहीं। समय को हार-जीत से क्या लेना-देना? वह अपनी मस्ती में गतिमान था। 40 मिनट बीतने को हो आए थे। दोनों पहलवान अखाड़े में जम-से गए थे। गोल-गोल घूमना और हाथों से गर्दन को पीछे की ओर से पकड़ने की चाहत किसी की पूरी नहीं हो रही थी। जब सब दाँव फेल हो जाता है तो रविंद्र को फिर अपने ब्रह्मास्त्र का सहारा लेना पड़ता है। उसने पट दाँव लगाकर विवेका पहलवान को पटकना चाहा लेकिन असफलता हाथ लगती है। विवेका पहलवान को पट दाँव का तोड़ पता था। उन्होंने बड़ी आसानी से अपना बचाव कर लिया था।

तनाव और रोमांच दोनों चरम पर था। दोनों को लड़ते हुए 45 मिनट हो चुके थे लेकिन नतीजा सिफ़र। आयोजकों की लाचारगी व बेचारगी साफ दिख रही थी। दाँव का हर क़िस्म लगाकर थक चुके थे दोनों पहलवान। डिसीजन आयोजकों को लेना था, क्या करना है? जब कोई चारा नहीं बचा तो थकहार कर आयोजकों ने बराबरी पर कुश्ती का परिणाम घोषित कर दिया।

'कुश्ती' बन गई प्रेमिका !

विवेका पहलवान से बराबरी पर कुश्ती छूटने के बाद रविंद्र पहलवान सूबे के हीरो बन जाते हैं। चौक-चौराहा, घर-द्वार, गाँव-जवार, शहर-चौपाल सब जगह सब की जुबान पर उनके ही क़िस्से। कोई उनकी ताक़त की बात करता तो कोई उनके दमख़म का कायल था। 'पट' दाँव तो बच्चे-बच्चे की जुबान पर था।

गाँव-घर में लोग उन्हें प्यार से हरेन्दर (हरेंद्र) भी बुलाते। जहानाबाद से बाहर उनकी पहचान हरेंद्र पहलवान से भी थी। रविंद्र को पटना वाले चाचा से मिले बहुत दिन हो गए थे। वह जहानाबाद से ट्रेन पकड़कर चाचा रामप्रवेश दा से मिलने पटना पहुँच जाता है। वहाँ उसे पता चलता है कि जीपीओ ग्राउंड में सरकारी स्तर पर बिहार केसरी के लिए दंगल होनेवाला है, जिसमें बिहार पुलिस के नामी पहलवान रामधनी यादव (बेतिया) , सियाराम पहलवान (बड़हिया) , विवेका पहलवान (बाढ़) , लड्डू यादव (आरा) और बीएमपी के धुरिहर पहलवान (भोजपुर) हिस्सा लेनेवाले हैं। ख़ाकी के बीच रामधनी यादव का जलवा था। वे बिहार पुलिस के जवान थे और लगातार पाँच बार ऑल इंडिया पुलिस चैंपियन का खिताब भी उन्हीं के नाम है। पहली बार वे लाइम लाइट में तब आए जब हरियाणा के राजेंद्र सिंह को हराकर ऑल इंडिया पुलिस चैंपियन बने।

इतने बड़े-बड़े नामचीन पहलवानों का नाम सुनकर रविंद्र पहलवान की इच्छा भी दंगल में भाग लेने की हुई। दो-दो हाथ करने की हसरत लिए वह अपने चाचा रामप्रवेश दा से बोलता है, "दादा किसी भी तरह कर इस दंगल में मुझे भी इंट्री दिलवा दीजिए। " लेकिन उन्होंने साफ इनकार कर दिया और कहा- "तुम्हारी तबीयत अभी ठीक नहीं है; तुम्हें बुखार लगा हुआ है, आराम करो। दंगल भागा नहीं जा रहा है, फिर कभी लड़ लेना। " हताश, निराश रविंद्र उस समय तो चुप हो गया लेकिन मुक़ाबले वाले दिन वह किसी ज़रूरी काम का बहाना बनाकर घर से बाहर निकल जाता है और सीधे जीपीओ ग्राउंड जाकर रुकता है। दंगल प्रतियोगिता का नाम सुनते ही उसके अंदर कुछ होने लगता

था। वह अपने आपको रोक नहीं पाता। रविंद्र के लिए अखाड़ा घर बन गया था और 'कुश्ती' प्रेमिका। उसकी छटपटाहट देखकर कोई भी यही कहता। रविंद्र जीपीओ ग्राउंड पहुँचते ही आयोजकों को खोजने लगता है। एक आदमी उसे आयोजकों के कमरे तक ले जाता है। पहलवानी में रविंद्र ने इतना नाम कमा लिया था कि आयोजकों में शुमार कई चेहरे उसे पहचानते थे। उसने आयोजकों से बिहार केसरी के लिए होनेवाले इस दंगल में शामिल होने की इच्छा जताई। आयोजक हैरान-परेशान- यह क्या बोल रहा है रविंद्र? वे लोग आपस में बात करने लगते हैं, "अचानक से कैसे किसी को शामिल किया जा सकता है? यह सब तो बहुत पहले से तय हो जाता है।" आयोजकों के लिए यह आसान नहीं था क्योंकि बिहार केसरी के लिए कुश्ती का आयोजन सरकारी स्तर पर किया गया था और यहाँ सब कुछ पहले से डिसाइड था। कौन-सा पहलवान किससे लड़ेगा, अखाड़े में रेफरी कौन होगा? वज़न भार के मुताबिक पहलवानों की श्रेणी तय थी। सभी ने असहमति जताई। रविंद्र आयोजकों का जवाब सुनकर निराश हो जाता है। वह एक कोने में जाकर मायूस-सा चेहरा लिए खड़ा हो जाता है। "एक मौक़ा तो इसे मिलना ही चाहिए। इसके प्रतियोगिता में शामिल हो जाने से खेल का रोमांच बढ़ जाएगा।" आयोजकों में शामिल एक शख़्स बोलता है। सभी सोचने पर मजबूर हो जाते हैं। रविंद्र को मुक़ाबले में शामिल कर लेने से मल्ल युद्ध में एक और बड़ा नाम जुड़ जाएगा, इससे कोई इनकार नहीं कर सकता था। आयोजक टीम में शामिल सभी सदस्य फिर से बंद कमरे में मीटिंग करते हैं। इस बार बात बन जाती है और थोड़ी-बहुत औपचारिकता के बाद रविंद्र को मुक़ाबले में शामिल होने की सहमति दे दी जाती है।

रामधनी यादव से जोड़ा लगाया जाता है। जोड़ा यानी रामधनी वर्सेज रविंद्र पहलवान। कई छोटे-छोटे पहलवानों के बीच जब मुक़ाबला ख़त्म हो जाता है तब मंच से यह उद्घोषणा होती है कि अब ऑल इंडिया पुलिस चैंपियन रामधनी यादव से जहानाबाद के रविंद्र पहलवान की भिड़ंत होगी। लोगों की नज़र में कहीं से भी यह जोड़ा बराबरी का नहीं था। दोनों के बीच उम्र का भी फ़ासला था। रामधनी उस वक़्त 31 के थे तो रविंद्र ने 23 पार किया था। वहाँ मौजूद सभी पहलवानों में रामधनी यादव का पलड़ा भारी था। एक तो

बिहार पुलिस का जवान और ऊपर से पाँच बार ऑल इंडिया पुलिस चैंपियन का ख़िताब मिलने के नाते उनकी पहचान दबंग पहलवान के रूप में थी। खैर, जब घोषणा हो गई तो हो गई।

नियत समय अखाड़े में रेफरी आनंद भार्गव आते हैं। भार्गव का हर कोई सम्मान करता। वे मिस्टर बीएचयू रहने के साथ ही 1948 के ओलंपियन भी थे। थोड़ी देर में पहलवान रामधनी और रविंद्र भी अखाड़े में आ जाते हैं। राजधानी के कई वीआईपी भी इस दंगल का आनंद उठाने के लिए वहाँ मौजूद थे। ज़िंदाबाद और जीतेगा भाई जीतेगा, हमारा पहलवान जीतेगा के बीच रेफरी सीटी बजाकर कुश्ती का 'श्री गणेश' करता है।

दोनों पहलवान एक-दूसरे से हाथ मिलाते हैं और तेजी से पीछे हट जाते हैं ताकि दाँव लगाने का किसी को मौक़ा न मिल सके। रामधनी को अपनी लंबाई का फायदा मिल रहा था, वह दूर से ही पहलवान का हाथ पकड़कर दबोच लेना चाहता था। अभी महज़ एक मिनट ही बीता था कि रविंद्र फुर्ती से नीचे झुकता है और लोग दाँतों तले अँगुली दबा लेते हैं। "अरे ! ये क्या हो गया, देखा तुमने जहानाबाद के पहलवान ने तो कमाल कर दिया। " अभी लोग ऐसी चर्चा कर ही रहे थे कि रविंद्र बिना समय गँवाए रामधनी का पैर खींचकर पट दाँव लगा देता है। रामधनी कुछ समझ पाता उसके पहले ही वह चारों खाने चित हो जाता है। महज़ दो मिनट में ही मुक़ाबले का परिणाम सबके सामने था। रेफरी की ओर से जीत की सीटी भी बजा दी जाती है। लोग जीत की खुशी में रविंद्र पहलवान के समर्थन में नारे भी लगाने लगते हैं तभी क्षण भर में ही रेफरी आनंद भार्गव की ओर से हार की सीटी बजा दी जाती है और कहा जाता है कि दाँव लगाने के दौरान रविंद्र पहलवान का एक पैर अखाड़े की सीमा रेखा से लगभग दो इंच बाहर चला गया था, जिसकी वजह से अब यह मुक़ाबला फिर से होगा।

रेफरी आनंद भार्गव के फ़ैसले को लेकर वहाँ तनाव का माहौल बन जाता है। दर्शक हूटिंग करने लगते हैं। भार्गव उस वक्त बिहार पुलिस में डीएसपी थे और रामधनी यादव बिहार पुलिस में सिपाही इसलिए पहले से जान-पहचान का होना स्वाभाविक था। खैर, अब रेफरी के फ़ैसले का सम्मान तो करना ही

था। फिर से मुक़ाबले के लिए सीटी बजती है और दोनों पहलवान दाँव की तलाश में गोल-गोल घूमना शुरू कर देते हैं। इस बार रामधनी पूरी तरह सतर्क था और पहलवान को अपने नजदीक आने का मौक़ा नहीं दे रहा था। उसे यह भी आभास हो चुका था कि रविंद्र के 'पट' दाँव के आगे उसकी सारी ताक़त धरी-की-धरी रह जाएगी। लिहाज़ा वह डिफेंसिव खेलने लगता है। उसने सोच लिया था कि दूर रहकर ही कोई ऐसा दाँव लगाना होगा जिससे पहलवान को हराया जा सके। अपनी लंबाई का फायदा उठाते हुए उसने दो-तीन बार रविंद्र को दबोचा तो जरूर लेकिन चित न कर सका। इस तरह उसके प्वाइंट में इज़ाफ़ा होते चला गया। कुछ देर की कुश्ती के बाद रेफरी प्वाइंट के आधार पर मुक़ाबले का विजेता रामधनी यादव को घोषित कर देता है।

वहाँ मौजूद लोग इस परिणाम से इत्तफ़ाक़ नहीं रखते हैं। वे रविंद्र पहलवान को ही अपना हीरो मानते हुए उसे कंधे पर उठा लेते हैं और अखाड़े के चारों तरफ घुमाने लगते हैं। इसमें ज़्यादातर पुलिस लाइन के वैसे सिपाही थे, जो जीवन में पहली बार रामधनी यादव के चित हो जाने से खुश थे। कुश्ती लड़ने की अपनी शैली से रविंद्र वहाँ मौजूद दर्शकों का दिल जीत लेता है। प्वाइंट के आधार पर भले ही रामधनी को विजयी घोषित किया गया लेकिन लोगों ने अपना विजेता रविंद्र पहलवान को ही माना।

कुश्ती खत्म होने के बाद रविंद्र वापस अपने कमरे पर आ जाता है। पारासिटामोल का असर ख़त्म हो चुका था। वह बुखार से तपने लगता है। तबीयत बिगड़ता देख चाचा डॉक्टर के पास ले जाते हैं। "क्या जरूरत थी तबीयत ख़राब में दंगल में भाग लेने की। बाद में कभी लड़ लेता रामधनी से।" चाचा बुदबुदाए। रविंद्र ने पहले तो उनकी बातों को अनसुना करना चाहा लेकिन जब उससे न रहा गया तो कहा- "ऐसा मौक़ा बार-बार कहाँ मिलता है? फिर यह तो सरकारी स्तर पर आयोजित दंगल था। बड़े-बड़े दिग्गज पहलवान आए हुए थे। रामधनी यादव को आजतक किसी ने नहीं पटका था। आप वहाँ की फिजा देखते तब न। उसके चित होते ही भीड़ मानो पागल हो उठी। लोगों ने कहना शुरू कर दिया- 'जहानाबाद के छोकरे ने तो कमाल कर दिया, जो अबतक बड़े-बड़े

पहलवान नहीं कर पाए, वो उसने कर दिखाया, गजब कर दिया !' बाद में लोग मुझे अपने कंधे पर उठाकर नाचना शुरू कर देते हैं। " यह सब सुनकर चाचा रामप्रवेश भी खुशी के आँसू रोक नहीं पाते हैं और आँख पोंछते हुए भतीजे को गले लगाकर शाबाशी देते हैं। कुछ दिन और चाचा के यहाँ रहने के बाद रविंद्र अपने गाँव तेजबिगहा वापस लौट आता है। गाँव में दशहरे की तैयारी जोर-शोर से चल रही थी। नाटक मंडली के सदस्य नाटक की तैयारी कर रहे थे। घोसी के गोपालगंज में दशहरे का बड़ा मेला लगा था। दूरदराज़ से लोग मेला घूमने आ रहे थे। रविंद्र को भी किसी ने मेले के बारे में बताया तो उसकी इच्छा भी वहाँ जाने की हुई। प्लान बन जाता है। पहलवान गाँव के ही कुछ लड़कों के साथ मेला घूमने गोपालगंज निकल पड़ता है। मेले में दुर्गा माँ की बड़ी-बड़ी प्रतिमाओं के साथ ही खाने-पीने की कई दुकानें भी सजी हुई थीं। ख़ासकर जिलेबी लेने के लिए तो रेलमपेल हो रहा था। भीड़ इतनी कि साधारण कद-काठी वाले का तो कभी नंबर ही न आए। खैर, पहलवान के साथ गए लड़कों को जिलेबी खाने में कोई परेशानी नहीं हुई और सभी ने छककर जिलेबी, बुनिया व छेने का रसगुल्ला दबाया। इसी बीच जिलेबी की दुकान पर ही किसी ने रविंद्र पहलवान को पहचान लिया और धीरे-धीरे यह बात पूरे मेले में फैल गई। उन्हें देखने के लिए जिलेबी की दुकान पर हजारों की भीड़ जमा हो गई। बेक़ाबू भीड़ को सँभालने के लिए पुलिस बुलानी पड़ी। थानेदार ने पहलवान से रिक्वेस्ट किया कि आप किसी ऊँची जगह पर चढ़कर भीड़ से शांत होने की अपील कर दीजिए नहीं तो लोगों को कंट्रोल करना मुश्किल हो जाएगा। रविंद्र किसी तरह एक चहारदीवारी पर खड़ा होकर लोगों का अभिवादन स्वीकार करता है और उनसे शांति बनाए रखने की अपील करता है तब जाकर थानेदार की जान में जान आती है। अगले दिन दाँवपेच की बारीकियों को लेकर चाचा-भतीजे में बहस छिड़ जाती है। चाचा तपेश्वर शर्मा से वह पूछता है, "आप बढ़ौना वाले बिंदी पहलवान को कैसे पटके थे? वे अपने वक़्त के काफ़ी नामी पहलवान थे। " "मौक़ा ही नहीं दिए, साधारण दाँव लगाकर चित कर डाला। तुम अखाड़े में जब किसी को ज्यादा वक़्त दोगे तो वह तुम्हारी कमजोरी भाँप जाएगा। आक्रामक तरीके से पहली बार में ही टूट पड़ो। " चाचा ने कहा। वे बनारस में टीचर्स ट्रेनिंग के दौरान ही

स्वामी ब्रह्मचारी अखाड़े से जुड़ गए थे। अखाड़ा एक तरह से दाँवपेच का रिसर्च विंग था। बनारस से गाँव लौटने पर बिंदी पहलवान ने उन्हें चैलेंज कर दिया था। तब मजबूरन उन्हें कुश्ती लड़नी पड़ी थी, नहीं तो उन्हें दाँवपेच सिखाने में ही ज़्यादा मजा आता। अभी चाचा-भतीजा के बीच गपशप का दौर चल ही रहा था कि गया से दूर के रिश्तेदार भगवती सिंह का आगमन हो जाता है। प्रणाम-पाती व कुशलक्षेम पूछने के बाद भगवती सिंह पहलवान की ओर मुख़ातिब होते हैं। कहते हैं, "कब तक यूं ही कुश्ती लड़ते रहोगे, एक दिन ताक़त ढीली पड़ जाएगी और रसूख कम हो गया तो आगे का जीवन काटना मुश्किल हो जाएगा। चलो, मुगलसराय मैं वहाँ रेलवे में नौकरी लगवाने की कोशिश करूँगा। " भगवती सिंह ने पहलवानी की बदौलत ही मुगलसराय में टीटीई की नौकरी ली थी। उस वक़्त रविंद्र ने उन्हें कोई जवाब नहीं दिया और वे चले गए। रात में छत पर सोते समय उसने अपने प्रिय चाचा नंद शर्मा से पूछा- "दादा भगवती सिंह की बातों से आप कितना सहमत हैं? " "देखो हरेन्द्र, बात तो वे ठीक ही बोल रहे हैं। एक बार वहाँ चलकर ट्राई करने में क्या हर्ज है? , इसी बहाने दंगल भी हो जाएगा। " चाचा ने कहा।

रविंद्र अपने चाचा नंद शर्मा के साथ भगवती सिंह के बुलाने पर नियत दिन मुगलसराय पहुँच जाता है। रेलवे में नौकरी की ख़ातिर मुगलसराय में पहलवानों का आना-जाना लगा हुआ था। चयन की एक प्रक्रिया थी। पहले लिस्ट में नाम निकलता और फिर मुक़ाबले के लिए बुलाया जाता। नंद शर्मा पूरी लिस्ट छान मारते हैं लेकिन उन्हें अपने भतीजे रविंद्र का नाम कहीं नहीं दिखता है। भगवती सिंह को भी यह बात पता चलती है। वे भी परेशान हो जाते हैं। सोचने लगते हैं, 'यह क्या हो गया ! मैंने इतनी दूर से इन लोगों को बुलवा लिया है और लिस्ट से नाम ही गायब है। ' खैर, वे भागे-भागे बड़े अफ़सरों के पास पहुँचते हैं और लिस्ट में रविंद्र का नाम जुड़वाने के लिए विनती करते हैं। पुराने स्टाफ होने के नाते हर कोई उनकी इज़्ज़त करता। अफ़सर भी उनकी बात सुनते थे। थोड़ी देर में दूसरी लिस्ट निकलती है। उसमें रविंद्र का नाम शामिल रहता है। इधर, रविंद्र को मौक़ा मिल जाता है और वह दूसरे पहलवानों की कुश्ती देखने लगता है। इसी बीच मुक़ाबले के लिए उसका नाम पुकारा जाता है। वह भागा-भागा अखाड़े

में पहुँचता है। वहाँ पहले से ही रेलवे के पहलवान ने क़ब्ज़ा जमा रखा था। मिट्टी का तिलक कर वह रेलवे के पहलवान से भिड़ जाता है। उसे ज़्यादा मशक़्क़त नहीं करनी पड़ती है। दूसरे राउंड में ही वह रेलवे के पहलवान को साधारण दाँव लगाकर चित कर देता है। थोड़ी देर में ही दो-तीन और पहलवानों को पटक देने के बाद उसका नाम बड़े अफ़सरों तक पहुँच जाता है। "सर, जहानाबाद से एक पहलवान आया है, जो हमारे सभी दमदार पहलवानों को पलक झपकते ही चित कर दे रहा है। अब तो माल एक ही मज़बूत पहलवान लड़ने के लिए बचा है।" रेलवे का एक स्टाफ अपने अफ़सर को बताता है। "चलो, देखें कौन पहलवान है?" इतना बोलकर अफ़सर अपने केबिन से बाहर निकलते हैं और स्टाफ के साथ अखाड़े की ओर चल पड़ते हैं। वहाँ फाइनल राउंड की कुश्ती चल रही थी। रविंद्र ने रेलवे के नामी पहलवान को दबोच रखा था। वह टस-से-मस नहीं हो पा रहा था। आख़िरकार रविंद्र के क़ब्ज़े से उसको छुड़वाने के लिए रेफरी को सीटी बजानी पड़ती है। अफ़सर दूर से ही यह सब देख रहे थे। फिर सीटी बजती है और मुक़ाबला शुरू होता है। इस बार पहलवान ने फुर्ती से उसके पैर को पकड़ा और अपना ब्रह्मास्त्र दाँव 'पट' चल दिया। रेलवे का पहलवान चारों खाने चित। अफ़सर रविंद्र के दंगल लड़ने की शैली को देखकर काफी प्रभावित होते हैं। रेलवे में उसकी नौकरी पक्की हो जाती है। काग़ज़ात संबंधी औपचारिकता पूरी करने के बाद रविंद्र को ज्वाइनिंग लेटर थमा दिया जाता है। उसे मुगलसराय में अकाउंट्स क्लर्क बनाया जाता है। शुरू में कुछ दिन तो सब ठीक रहता है लेकिन धीरे-धीरे रविंद्र का मन पद और जगह दोनों से उचट जाता है। वह अपने ज़िला के नजदीक आना चाहता है। चाचा से कहता है, "मैं यहाँ ज़्यादा दिन तक नहीं रह पाऊँगा।" "अरे, कुछ दिनों की बात है। सब ठीक हो जाएगा। नयी नौकरी में ऐसा होता है, शुरू में मन नहीं लगता है।" चाचा समझाते हैं। अच्छे से समझाने के बाद चाचा गाँव लौट आते हैं। इस बीच रविंद्र को पता चलता है कि गया में रेलवे की बहाली के लिए कुश्ती होने वाली है। वह गाँव-घर में बिना बताए चुपचाप ट्रायल देने गया पहुँच जाता है। अपने दाँवपेच से वह वहाँ भी रेलवे के पहलवानों को चित कर अधिकारियों का दिल जीत लेता है। 'गया जंक्शन' पर उसकी नौकरी पक्की हो जाती है। इस तरह अकाउंट्स क्लर्क की नौकरी छोड़

वह ईस्टर्न रेलवे में टिकट कलेक्टर बन जाता है।

कहानी सुनाते-सुनाते रविंद्र के चाचा नंद शर्मा की आँखें गीली हो जाती हैं। वे आँसुओं की बहती धारा को रोक नहीं पाते हैं और पुलिसवालों से कहते हैं, "अब आगे की कहानी तो आपलोगों को पता ही है।" इतना कहकर वे लाठी के सहारे घर के अंदर चले जाते हैं। भावनाओं के ज्वार में वे धधक रहे थे। पुलिस की टीम मुकम्मल जानकारी जुटाने के बाद 'तेजबिगहा' से वापस गया पहुँच जाती है और एसपी को वहाँ से समेटी गई सूचनाओं से अवगत कराती है।

सन् 1981 ईस्वी में गया जंक्शन पर रविंद्र की पहली पोस्टिंग होती है। देश के वीआईपी रेलवे स्टेशनों में शुमार है, 'गया जंक्शन'। गया से होकर ही देश-विदेश से आए टूरिस्ट बोधगया के लिए प्रस्थान करते हैं। बोधगया, भारत के प्रमुख धार्मिक स्थलों में से एक है। यहाँ लोग देश-दुनिया से महाबोधि मंदिर के दर्शन करने आते हैं। इसी स्थान पर पीपल के वृक्ष के नीचे महात्मा बुद्ध को ज्ञान की प्राप्ति हुई थी। उस वक्त गया व बोधगया जाने के लिए हवाई जहाज की सुविधा नहीं थी, लिहाज़ा आम हों या खास रेल की सेवा लेना उनकी मजबूरी थी।

DM साहब जुगाड़ से पहुँचे दिल्ली

रविंद्र पहलवान ने गया रेलवे जंक्शन पर टीटीई की नौकरी शुरू कर दी। अपने हेल्पिंग नेचर के कारण जल्द ही वे स्टेशन पर लोकप्रिय हो जाते हैं। उस वक़्त ट्रेन में रिजर्वेशन मिलने में काफी कठिनाई होती थी। खासकर राजधानी व पूर्वा एक्सप्रेस में। लेकिन पहलवान जी किसी को निराश नहीं करते। उनकी कोशिश होती कि कोई-न-कोई उपाय करके ज़रूरतमंदों के लिए टिकट का बंदोबस्त कर दें। कई बार उन्हें इसके लिए काफी मशक़्क़त करनी पड़ती थी या यूं कहें कि अँगुली टेढ़ी कर घी निकालना पड़ता था। गया के तत्कालीन डीएम साहा साहब को दिल्ली भेजने के लिए काफी पापड़ बेलना पड़ा। एक दिन अचानक उन्हें दिल्ली से इमरजेंसी मीटिंग के लिए बुलावा आ जाता है। वे अपने अर्दली को स्टेशन भेजते हैं रिजर्वेशन के लिए। ऑनलाइन टिकट लेने की सुविधा नहीं थी। आम हो या ख़ास सभी को स्टेशन जाकर काउंटर से ही टिकट कटवाना पड़ता था। अर्दली काउंटर पर पहुँचता है। उसने पहले से फॉर्म भर रखा था, जिसमें सारे डिटेल्स थे। वह काउंटर के अंदर बैठे शख़्स को फॉर्म बढ़ाता है। नाम, उम्र आदि पढ़ने के बाद अंदर बैठे क्लर्क की नज़र जैसे ही यात्रा की तारीख़ पर पड़ती है, वह गुस्से से आगबबूला हो जाता है। "अरे ! भाई पहली बार आए हो क्या रिजर्वेशन लेने ? " अंदर से आवाज़ आती है। दिल्ली जाने के लिए लोग एक-एक महीना पहले से रिजर्वेशन करवाते हैं और तुम आज आए हो कल का आरक्षण लेने के लिए। अर्दली काफी मिन्नत-आरज़ू करता है। डीएम साहब का नाम लेकर धौंस भी दिखाना चाहता है पर बात नहीं बनती है। अंत में थकहार कर वह 'जुगाड़' पूछने लगता है। काउंटर के अंदर बैठा क्लर्क स्टेशन मास्टर से मिलने के लिए कहता है। अर्दली भागा-भागा स्टेशन मास्टर के पास पहुँचता है। डीएम साहब को रिजर्वेशन चाहिए, ऐसा सुनकर स्टेशन मास्टर भी थोड़ा गंभीर हो जाते हैं। किसी और का मामला रहता तो वह शायद टरका भी देते। कुछ देर सोचने के बाद भी जब कोई उपाय नज़र नहीं आता है

तो वे अर्दली से कहते हैं, "अब एक ही शख़्स है जो इस समस्या का समाधान कर सकता है। तुम टीटीई रविंद्र पहलवान से कलेक्टर साहब का हवाला देकर मिल लो। अभी वे स्टेशन पर ही मिल जाएँगे। "

पुराने जमाने में लोग डीएम को कलेक्टर या फिर लाट साहब भी बुलाते। वह पूरे ज़िले का मालिक होता है और अब ज़िले के मालिक को ही दिल्ली जाने के लिए टिकट का 'बांदा' पड़ गया था। थोड़ी देर प्लेटफ़ॉर्म पर भटकने के बाद ही अर्दली पहलवान जी को ढूँढ़ निकालता है। "सर, स्टेशन मास्टर साहब आपके पास भेजे हैं। डीएम साहब का कल दिल्ली जाना अर्जेंट है। उन्होंने मुझे रिजर्वेशन करवाने भेजा है पर कल का आरक्षण मिल नहीं रहा है। बहुत उम्मीद के साथ आपके पास आया हूँ सर, ...प्लीज रिजर्वेशन दिलवा दीजिए। " उसने एक ही साँस में सब कह डाला। पहलवान जी कुछ देर चुप रहते हैं फिर बोलते हैं, "ठहरो जरा, करेंट स्टेटस चेक करवाते हैं। " एक स्टाफ को भेजते हैं और काउंटर से कुछ पता करवाते हैं। लेकिन पता चलता है कि किसी भी ट्रेन में आपातकालीन यानी VIP कोटा से भी सीट खाली नहीं है। अब उन्हें सिर्फ एक ही उपाय सूझ रहा था, जो टीटीई कल ट्रेन लेकर दिल्ली जा रहा होगा, उससे ही बात बन सकती है। राजधानी के बाद दिल्ली जाने के लिए पूर्वा एक्सप्रेस ही सबसे अच्छी ट्रेन थी। उसे सेकेंड राजधानी का तमग़ा भी हासिल था। खैर, उन्होंने अपने स्तर से कुछ टीटीई को जगह रखने के लिए बोल दिया और अर्दली से कहा- "तुम कल पूर्वा के टाइम में डीएम साहब को लेकर स्टेशन आ जाना। " ट्रेन आने के नियत समय से कुछ पहले डीएम साहा अपने अर्दली के साथ दिल्ली जाने के लिए गया जंक्शन पहुँच जाते हैं। अर्दली साहब को लेकर रिटायरिंग रूम चला जाता है। वहाँ उन्हें व्यवस्थित कर वह वापस प्लेटफ़ॉर्म की ओर लपकता है। अभी तक यह फ़ाइनल नहीं हुआ था कि डीएम साहब को किस बोगी में जाना है। तभी उद्घोषणा होती है, "गाड़ी संख्या 12381, हावड़ा से चलकर दिल्ली जाने वाली पूर्वा एक्सप्रेस प्लेटफ़ॉर्म नंबर दो पर आने वाली है। " दो नंबर प्लेटफ़ॉर्म पर हलचल बढ़ जाती है। इधर-उधर घूम-टहल रहे लोग सावधान की मुद्रा में आ जाते हैं। सामान व बच्चों के कपड़े-लत्ते ठीक करने लगते हैं। लुंज-पुंज अवस्था से सभी टाइट फिटिंग में आ जाते हैं। जबतक ट्रेन के अंदर

सामान, बीवी-बच्चा समेत आप सुरक्षित अपनी आरक्षित सीट पर नहीं बैठ जाते हैं तबतक तनाव बना रहता है। पूर्वा अपने नियत समय से 20 मिनट की देरी से गया स्टेशन पहुँचती है। पहलवान जी निश्चिंत थे कि इतनी बड़ी ट्रेन में दो सीट का इंतज़ाम तो हो ही जाएगा। ट्रेन के रुकते ही पूर्वा के टीटीई पहलवान जी के पास पहुँचते हैं लेकिन मुँह लटकाए हुए। "अरे ! यार अब कैसे होगा? डीएम साहब स्टेशन पहुँच चुके हैं और थोड़ी ही देर में ट्रेन भी खुल जाएगी। वे ज़िले के मालिक हैं। उन्हें जैसे-तैसे ठूँसकर भेज भी नहीं सकते हैं। कोई और होता तो पैंट्री कार में ही धकियाकर भेज देते। " पहलवान जी ने संभावना जताई। पैंट्री कार या रसोई भंडार यान ट्रेन का वह डिब्बा होता है जो न सिर्फ आपके पेट का ध्यान रखता है बल्कि जुगाड़ तकनीक से आपको गंतव्य तक पहुँचाने का काम भी करता है। "क्या करें भईया ? ऐसा मैंने अपने जीवन में पहली बार देखा है कि ट्रेन में एक भी बर्थ खाली न हो। " टीटीई ने कहा। तभी दौड़ा-दौड़ा एक दूसरा टीटीई वहाँ पहुँचता है और हाँफते हुए कहता है, "भईया, अब एक ही रास्ता है, आपको खुद जाकर उस सेठ से बात करनी होगी। " पहलवान जी, इस पहेली से नाराज़ हो जाते हैं। कहते हैं, "जो कहना है साफ-साफ कहो। मैं कुछ समझा नहीं। " फिर वह टीटीई विस्तार से बताता है, "कलकत्ता से एक सेठ आ रहा है, जिसने सेकेंड एसी की पूरी बोगी रिजर्व करवा रखी है। वह अपने बेटे की बारात लेकर दिल्ली जा रहा है। " कोई दूसरा उपाय सूझता न देखकर बिना देर किए रविंद्र पहलवान सेठ के पास पहुँच जाते हैं। कुछ और टीटीई भी उनके साथ आना चाहते थे लेकिन उन्होंने सबको मना कर दिया। कहा- "मैं रिक्वेस्ट लेकर जा रहा हूँ। मेरा अकेले जाना ही ठीक रहेगा। "

सेठ जी एसी बोगी में टाँग पसारकर आराम से अपने रिश्तेदारों को अपने धनवान बनने की कहानी सुना रहे थे। तभी पहलवान जी बोगी में प्रवेश करते हैं। अपना परिचय देते हुए सेठ से कहते हैं, "गया के डीएम साहब को इमरजेंसी मीटिंग के लिए दिल्ली जाना है। आप दो सीट छोड़ दीजिएगा तो वे आराम से दिल्ली जा सकेंगे। दो न हो तो एक से भी काम चल जाएगा। आपके साथ कुछ छोटे बच्चे हैं जो एक सीट पर एडज़स्ट कर सकते हैं। " कुछ देर के लिए वहाँ सन्नाटा पसर जाता है। किसी ने भी इस तरह के दृश्य की कल्पना नहीं की थी।

सेठ भी कम अकड़ू नहीं था। वह पहले ऊपर से नीचे तक टीटीई रविंद्र को घूरता है, फिर कहता है, "आप लोग तो रेलवे के मालिक हो, माई-बाप हो। अलग से बोगी लगवा दो, कलक्टर साहब के लिए। ट्रेन चलवा दो। यहाँ भी कलक्टर से कम कोई नहीं बैठा है। आख़िर मेरे बेटे की बारात जा रही है। मैं एक सीट भी एडज़स्ट नहीं करूँगा।" पहलवान जी सेठ की बात सुनकर मुँह लटकाए बोगी से नीचे उतर जाते हैं। कोई चारा न देखकर किसी को इशारे में कुछ कहते हैं।

इधर, ट्रेन का सिग्नल ग्रीन हो चुका था; खुलने के लिए हॉर्न बजने लगता है। पूर्वा से जाने वाले यात्री एक्टिव मोड में आ जाते हैं, तभी एक एनाउंसमेंट होता है, 'हावड़ा से दिल्ली जानेवाली गाड़ी संख्या 12381 (पूर्वा एक्सप्रेस) की बोगी संख्या 94851 (एसी सेकेंड) में तकनीकी ख़राबी आ गई है, उसके पैसेंजर या तो दूसरी बोगी में एडज़स्ट कर लें या फिर काउंटर नंबर चार से अपना रिफंड ले लें।' "सेठ जी, सेठ जी, आपने सुना, बाहर क्या एनाउंसमेंट हो रहा है? ई डब्बा यहीं कटकर गया में ही रह जाएगा।" उनका सेवक बोलता है। लेकिन सेठ जी कहाँ सुन रहे थे ई सब। उन्हें तो चिकन करी के स्वाद की पड़ी थी। पहले वे अपने पेट में दौड़ रहे चूहों को शांत करते या फिर उद्घोषणा सुनते। बाहर होते रहे एनाउंसमेंट! "अरे! क्यों चिल्ला रहे हो भाई? खाने भी नहीं दोगे क्या शांति से? क्या मुसीबत है?" सेठ जी बुदबुदाते हैं। इधर, सेठ जी चिकन करी खाने में मशगूल थे, उधर बोगी में खलबली मची हुई थी। अबतक एनाउंसमेंट वाली बात हर किसी को पता चल चुकी थी; केवल सेठ जी को छोड़कर। भागा-भागा उनका बेटा भी वहाँ पहुँच जाता है। सेठ जी को पूरी बात तसल्ली से बताता है। "पिताजी, आप जिस टीटीई से बात कर रहे थे, वह कोई साधारण टीटीई नहीं बल्कि पहलवान जी के नाम से प्रसिद्ध रविन्दर टीटी है।" सेठ अकड़ू तो था लेकिन नासमझ नहीं। वह समझ जाता है कि जाने-अनजाने उससे बहुत बड़ी ग़लती हो गई है। उन्होंने बेटे को दिलासा देते हुए कहा- "घबराओ नहीं मैं सब ठीक कर लूँगा। तुम अपनी सीट पर जाओ।" बेटे के वहाँ से जाते ही सेठ जी ने आव देखा न ताव बोगी से कूदे और प्लेटफ़ॉर्म की ओर दौड़ लगा दी। भीड़ को चीरते हुए पहलवान जी को खोज निकाला। हाथ जोड़कर कहा- "हुज़ूर! ग़लती हो गई। मैंने आपको पहचानने में भूल कर दी। आप दो सीट ले लें, मुझे

कोई आपत्ति नहीं है। ” सेठ जी का इतना बोलना, रविंद्र की सांसत में फँसी जान को वापस ला देता है। ब्रह्मास्त्र का असर तो होना ही था। डीएम का अर्दली वहाँ खड़ा था। रविंद्र ने उससे कहा- “जल्दी जाओ और भागकर डीएम साहब को रिटायरिंग रूम से यहाँ लेकर आओ। ” आनन-फ़ानन में डीएम साहब और उनके अर्दली को एसी टू की बोगी में चढ़ाया जाता है। कलक्टर साहब ने रविंद्र पहलवान का शुक्रिया अदा किया और राज़ी-खुशी वहाँ से दिल्ली के लिए रवाना हुए। आगे कोई लफड़ा न हो, इसलिए सेठ ने लिखकर दिया कि मैं अपनी रज़ामंदी से दो सीट खाली कर रहा हूँ।

“आप ड्यूटी से आते हो, उसके बाद भी समाज सेवा में लगे रहते हो। हमलोगों के लिए तो वक़्त ही नहीं है आपके पास। ” पहलवान जी की बेटी मोनी शिकायत भरे अंदाज़ में कहती है। वैसे तो रविंद्र अपने तीनों बच्चों से बेपनाह मुहब्बत करते लेकिन बेटी से उन्हें ख़ासा लगाव था। वे उसे पढ़ा-लिखाकर इंजीनियर बनाना चाहते थे। “अच्छा बोलो, क्या चाहिए तुम्हें? ” “मुझे कुछ नहीं चाहिए। आप बस, हमलोगों को कहीं घुमाने ले चलिए। ” “अच्छा-अच्छा ठीक है, जल्द ही प्लान करते हैं। ” ऐसा बोलकर वे घर से निकल जाते हैं।

शाम में क़्वार्टर के दोस्तों के साथ ही उनकी महफ़िल सजती थी। वहाँ हल्का-फुल्का स्नैक्स के साथ गप-सड़क्का चलता और लोगों से मिलने-जुलने का कार्यक्रम भी हो जाता था। गया जंक्शन से सटे हुए क़्वार्टर में रेलवे के अधिकारी व कर्मचारी रहते। रेलवे कॉलोनी डेल्हा का चबूतरा, जहाँ सुबह-शाम नियत समय पर लोगों का जमावड़ा लगता। वहाँ पर सभी पहलवान जी से मिलकर अपना दुःख-दर्द बाँटते। “भईया, सुखु की बेटी की शादी में प्रॉब्लम आ रहा है। आप कुछ मदद कर देते तो उसका कल्याण हो जाता। ” “बेटी वाली बात है, कुछ तो करना ही पड़ेगा। उसे बोलना, बारातियों के स्वागत की चिंता न करे, सब मैं देख लूँगा। ” पहलवान जी कहते हैं। “भईया, कैलाश की माँ को इलाज के लिए दिल्ली, एम्स ले जाना होगा। अगर आप वहाँ किसी को कह देते तो इलाज करवाने में आराम हो जाता। ” “ठीक है, जाने से एक दिन पहले हमको बता देना। कुछ-न-कुछ उपाय कर देंगे, जिससे वहाँ ज्यादा भटकना

नहीं पड़ेगा। ” कुछ लोग नाम का बेजा इस्तेमाल भी करने लगे थे। ख़ासकर, हावड़ा से लेकर मुगलसराय के रूट में। “मैं पहलवान जी का आदमी हूँ। ” यह अक्सर सुनने को मिल जाता। उस रूट के लिए उनका नाम अघोषित रूप से रेल टिकट बन गया था।

ख़ाकी-खादी की इज़्ज़त भी ख़तरे में !

'चाय ले लो, गरम चाय, चाय गरम...गरमागरम समोसे खाओ' कोई अपने सामान को बेचने की जल्दी में था तो कोई टिकट लेने काउंटर की ओर भागा जा रहा था। कुछ लोग चादर बिछाकर प्लेटफ़ॉर्म पर ऐसे बैठे हुए थे, मानो आज ही रजिस्ट्री कराई हो। मूँगफली के बीच राजनीति का तड़का भी लग रहा था। यह बुद्धिजीवियों का ग्रुप था। यहाँ पल भर में न सिर्फ भारत बल्कि अमेरिका की सरकार भी गिर जाती। ऐसा मज़ा वही लोग ले रहे थे जो ट्रेन के समय से पहले गया जंक्शन पहुँच गए थे। दिन के दो बज रहे थे। स्टेशन पर काफ़ी चहल-पहल थी। यात्री व टीटीई सभी ट्रेन के आने का इंतज़ार कर रहे थे। टाइम पास के लिए 'राजनीति' से अच्छा कोई सब्जेक्ट नहीं हो सकता। इस पर मैट्रिक फेल हो या फिर जेएनयू का रिसर्च स्कॉलर सब के पास कुछ-न-कुछ बोलने के लिए होता है। यहाँ भी वही हो रहा था। कोई देश के डूबने की बात कर रहा था तो कोई भारत को अमेरिका से भी बड़ा सुपरपावर बता रहा था। डीएम, सीएम, पीएम पर बोलना हर किसी को गौरवान्वित करता। एक ने कहा- "वो तो ले डूबेगा देश को। केवल घोषणा पर घोषणा, बड़ी-बड़ी बातें करना लेकिन हक़ीक़त में टाँय-टाँय फिस्स। " शर्मा जी, देश की चिंता छोड़िए, बिहार की बात करिए। "यहाँ अपराध चरम पर है। किडनैपिंग उद्योग बनता जा रहा है। शिक्षा-स्वास्थ्य सब आप देख ही रहे हैं। पलायन का तो कहना नहीं और रोजगार की बात करना तो दीवार से सिर टकराने के समान है। सोचता हूँ, अपने बेटे को आगे की पढ़ाई के लिए दिल्ली भेज दूँ। " वर्मा जी ने कहा।

ट्रेन आने में अभी समय था। रेलवे स्टाफ भी गप्पें लड़ा रहे थे। एक टीटीई कहता है, "अगर यही हाल रहा तो ख़ाकी और खादी को लोग पूछेंगे नहीं। प्रतिष्ठा धूमिल हो रही है। दोनों का ही स्तर गिरते जा रहा है। " यह नब्बे के दशक की बात थी। उस वक़्त बिहार में एक अलग ही आलम था। सरकार तो थी लेकिन राज करते थे बाहुबली। खादी का कड़-कड़ कुर्ता-पैजामा पहने एक

शख़्स को ये बातें नागवार गुजरती हैं। "अच्छा ! तो अब, केवल काले कोट की इज़्ज़त करेंगे लोग। " उसने तंज कसा। बहसबाज़ी में अचानक नयी आवाज़ सुनकर चौंक पड़े सभी। फिल्मी स्टाइल में अचानक बीच में इंट्री मारनेवाले उस शख़्स की ओर मुख़ातिब होकर रविंद्र ने कहा- "तुम अपना काम करो भाई, तुमको क्या मतलब इन सब बातों से। जाओ यहाँ से। " "मैं यहाँ से जाने नहीं, आपलोगों के साथ हावड़ा जाने आया हूँ टीटी महोदय। " उसने कहा। जिस ट्रेन का इंतज़ार आपलोग कर रहे हैं, उसी ट्रेन की प्रतीक्षा में मैं भी खड़ा हूँ। लेकिन मेरे पास रिजर्वेशन नहीं है। "ठीक है, जाओ जेनरल टिकट ले लो, बर्थ खाली रहा तो मैं रिजर्वेशन दे दूँगा। " टीटीई रविंद्र ने कहा। "मुझे तो लोग ऐसे ही ले जाते हैं। आप लगता है, पहचान नहीं रहे हो !" इतना कहकर वह नौजवान रविंद्र से उलझ पड़ता है। "पहचानना जरूरी है क्या ? ले जाते होंगे, लेकिन मैं नहीं ले जाऊँगा। रविंद्र का इतना कहना था कि नौजवान जोर से चीख पड़ता है, "मैं शहंशाह हूँ। अबरार खाँ का भगिना। अबरार मेरे मामू जान हैं। पूरे गया शहर में कौन ऐसा है जो उन्हें नहीं जानता। तूती बोलती है मेरे मामा जान की। " बात बढ़ने लगती है। माहौल तनावपूर्ण हो जाता है। अब कुछ हुआ तब कुछ हुआ वाले हालात हो जाते हैं। स्टेशन के रंगरूटों ने शहंशाह को समझाना चाहा लेकिन उसके सिर पर तो मामू जान का भूत सवार था। सेकेंड भर में वहाँ पहलवान जी के इतने लोग जमा हो जाते हैं कि शहंशाह और उसके शागिर्दों को यह समझते देर नहीं लगती है कि अब यहाँ एक क्षण भी रुके तो किसी को मुँह दिखाने के क़ाबिल नहीं बचेंगे। तेजी से सभी स्टेशन से बाहर की ओर लपकते हैं। बाकी तो इधर-उधर भागते हैं लेकिन शहंशाह स्टेशन के ठीक सामने एक होटल में छिपने की कोशिश में शटर गिराना चाहता है। सड़क पर भगदड़ मच जाती है। पहलवान जी के आदमी उसके पीछे भागते हैं। शहंशाह शटर गिराता उसके पहले ही पहलवान जी के लोग उसे धर-दबोचते हैं। वे लोग उसे खींचकर स्टेशन की ओर लाने लगते हैं। सड़क पर मजमा लग जाता है। जो जहाँ था, वहीं थम-सा गया। कोतवाली पुलिस स्टेशन में फोन की घंटी बजने लगती है। "इंस्पेक्टर साहब यहाँ बवाल हो गया है। जल्दी फोर्स भेजिए। " सड़क पर लड़ाई-झगड़ा देखकर आदतन जो लोग सक्रिय हो जाते हैं, उनमें से ही किसी ने

फोन घुमा दिया था। वायरलेस घनघनाने लगता है। गया के रसूखदारों के यहाँ फोन की घंटियाँ बजने लगती हैं। उस वक्त लैंडलाइन का ही चलन था। स्टेशन से जीआरपी भी बाहर की ओर लपकती है। "रहने दीजिए आप, यह हमलोगों के ज्यूरीडिक्शन का मामला है। " कोतवाली पुलिस जीआरपी को ऐसा बोलकर शहंशाह को अपने क़ब्जे में ले लेती है और थाने ले आती है।

गया में अबरार का एक अलग ही रुतबा था। भीड़ की जरूरत पड़ती तो नेता उसे ही खोजते। लोकल थाने में भी ठीक-ठाक पैठ थी उसकी। अबरार ड्राइंगरूम में अपने लोगों के साथ बैठकर काम-धंधे की बात कर रहा था तभी हाँफता हुआ उसका एक आदमी कमरे के अंदर प्रवेश करता है।

"बॉस-बॉस, गजबे हो गया !"

"क्या हुआ साफ-साफ कहो रहमान? " अबरार बोलता है।

"बॉस, शहंशाह को पुलिस पकड़कर ले गई है। "

"क्या बोल रहे हो, पुलिस क्यों पकड़ेगी उसे? "

"मैंने खुद अपनी आँखों से देखा है, पुलिस जीप को कोतवाली की ओर जाते हुए। उसमें शहंशाह पीछे बैठा हुआ था। " रहमान ने कहा। इतना सुनते ही अबरार गुस्से से तमतमा जाता है। वह चिल्ला पड़ता है। "निकालो गाड़ी, अभी चलेंगे कोतवाली। आए दिन ई लड़का बखेड़ा खड़ा कर देता है। " वह अपने आदमियों को लेकर कोतवाली जाता है और शहंशाह को थाने से छुड़वाकर घर ले आता है। "क्या ज़रूरत थी पहलवान से उलझने की। तुम्हें नहीं पता, स्टेशन पर अपना एक भी आदमी नहीं है। पूरा नाम ख़राब करके रख दिया। " मामी जान बीच में कूद पड़ती हैं। "बस भी कीजिए, बच्चा है...अब हो गई ग़लती। सामनेवाले की हैसियत को नहीं ताड़ पाया। जिसका एक मामू गया शहर का डॉन हो और दूसरा मामू डीएसपी तो कोई भी तैश में आ जाएगा। " मामी ने शहंशाह का बचाव करते हुए कहा। "आपने ही सर पर चढ़ा रखा है इसे। सालों का बनाया नाम एक ही झटके में मिट्टी में मिला दिया। बाहर तो मेरा नाम लेकर ही लोग मज़ाक़ बनाएँगे। " बुदबुदाते हुए अबरार घर से बाहर निकल जाता है। गया जंक्शन पर हर कोई कल की घटना की चर्चा में मशगूल था। खैनी मलते

हुए लखनवा ने वीरू से कहा- "इस बार सही आदमी से भेंट हुआ है मामू-भगिना को। रंगबाज़ी का सब नशा छाँट देंगे पहलवान जी। ई केवल शरीरे से हाथी जईसन नहीं हैं बल्कि जिगरा भी शेर के जईसा रखिन हैं। राइफल-बंदूक़ तो एक्के हाथ से चलाए लगते हैं। " "ठीके कह रहे हो लखन भाई, स्टेशन पर कोई बता रहा था कि निशाना भी अचूक है उनका। सब लाइसेंसी रखिन हैं। हियाँ न हमनी के बीच अकेले घूमते हैं लेकिन जब बाहर जाते हैं तो पूरा बंदोबस्त रखते हैं। " वीरू ने कहा। "रामदयालवा बता रहा था कि हाल ही में एगो थ्री-फिफटिन के बड़ा सुंदर राइफल मँगवाए हैं। सुनते हैं कि ओकरा में दूरबीनो लगल है। गोली-बंदूक़ तो इनकरा ख़ातिर खिलौना समान है। बहुते खेलिन हैं, मिलिट्री में। " लखनवा ने वीरू से कहा।

स्टेशन पर इस तरह की चर्चा से बेख़बर रविंद्र पहलवान अपने बच्चों की पढ़ाई का हिसाब-किताब ले रहे थे। वो सुंदर हैंडराइटिंग बनाने पर काफ़ी ज़ोर देते थे। मोनी को अक्सर हैंडराइटिंग को लेकर डाँट-फटकार लगती थी। "तुमलोग कोई ध्यान नहीं दे रहे हो पढ़ाई में। " उन्होंने बच्चों को डाँटते हुए कहा। "ध्यान दे रहे हैं पापा। सुबह से पढ़ ही तो रहे हैं। " मोनी ने कहा। "एक ही जगह पर रहते-रहते बोर हो गए हैं। कहीं बाहर घुमाने ले चलिए न। कितना दिन हो गया है बाहर गए हुए। " मोनी बाहर घुमाने की ज़िद करने लगती है। इस बार छोटा बेटा किटू भी मोनी की हाँ-में-हाँ मिलाने लगता है। "चलिए न पापा, बहुत दिन हो गए हैं बाहर गए हुए। " किटू भी बोलता है। बच्चों के आगे पहलवान जी का कोई तिकड़म इस बार काम नहीं आता है। मोनी-किटू मिलकर अगले दिन रविवार को हजारीबाग जाने का प्लान फ़ाइनल कर देते हैं। एक बड़ी बस मंगवाई जाती है, जिसमें घर के लोगों के साथ ही दोस्तों का परिवार भी समा जाए। "जल्दी बैठो, जल्दी बैठो भाई...सब आ गए न, डॉक्टर साहब नहीं दिख रहे हैं...किटू देखा जरा उनको। " पहलवान जी कहते हैं। डॉक्टर साहब बस के क़रीब आकर दुबारा अपने घर की ओर तेज़ी से लपके थे। दरअसल, उनका पान पराग वाला डिब्बा घर पर ही छूट गया था। अब भला इसके बिना यात्रा में मज़ा कैसे आता? ड्राइवर फ़ाइनल उड़ान भरनेवाला हॉर्न बजाता है। खलासी गेट बंद कर तस्दीक कर लेता है कि सबलोग बस में बैठ गए हैं कि नहीं। बच्चे

बहुत खुश थे। गया टू हजारीबाग की यात्रा शुरू हो जाती है। बच्चा-पार्टी पीछे की सीट पर क़ब्ज़ा जमा लेती है। महिलाएँ व पुरुष अपने-अपने खेमे में बँट जाते हैं। डॉक्टर साहब भी ठसक के साथ पान पराग का डिब्बा लेकर अपनी सीट पर जम जाते हैं। वे पहलवान जी के बहुत क़रीबी मित्रों में से थे। "आज मोनी और किट्टू की वजह से ही हमलोग इस सुखद यात्रा पर एक साथ हैं। दोनों बच्चों ने इस बार रविंद्र की एक नहीं चलने दी। ज़िद पर अड़ गए तो अड़ गए !" डॉक्टर साहब बोले। "ये केवल ऊपर से गरम मिज़ाज हैं, अंदर से तो बिल्कुल नरम दिल हैं। " किसी ने पहलवान जी को छेड़ा। बच्चों के सामने strict बने रहते हैं ताकि वे बिगड़ न जाएँ। तभी शर्मा जी बोल पड़ते हैं, "पहलवान की शादी में बारात वाला क़िस्सा जानते हैं कि नहीं, डॉक्टर साहब ? " "नहीं तो क्या है ! बताइए, बताइए। " डॉक्टर साहब ने कहा। तो सुनिए...शर्मा जी बोलते हैं, "पटना से इनके चाचा योगेंद्र शर्मा के साले साहब उदय प्रकाश पाण्डेय, जिन्हें प्यार से लोग उदय बाबू भी बोलते, बारात जाने के लिए गाँव आए हुए थे। उनका गाँव में बारात जाने का यह पहला अनुभव था। बहुत उत्साहित भी थे। टिकारी के जलालपुर के कविंद्र सिंह की बेटी से रविंद्र की शादी ठीक हुई थी। बारात वहीं जाना था। एक बड़ी बस दोपहर के एक बजे ही तेजबिगहा में आकर लग जाती है। गाँव के लड़के पहले बस का पूरा मुआयना करते हैं फिर तय होता है कि बस के ऊपर बैठकर फुल प्राकृतिक एसी का मज़ा लेते हुए चला जाएगा। उनका देखा-देखी उदय बाबू भी ज़िद करने लगते हैं कि वे भी बस की छत पर बैठकर जाएँगे बारात। रविंद्र ने समझाया कि मामू रास्ते में प्रॉब्लम होगा। बड़े-बुज़ुर्गों ने भी कहा- "तुम शहरी बालक हो। तुमको रास्ते में दिक़्क़त होगी। " लेकिन साले साहब तो साले साहब ठहरे, वो कहाँ माननेवाले थे। लोगों ने भी छोड़ दिया। बस की छत पर बैठ तो गए बाबू साहब पर रास्ते में बारिश शुरू हो गई। बाकी बच्चे तो ठहरे गाँव के, देह-हाथ से मजबूत। वे नेचुरल फुल एसी के साथ-साथ बारिश का भी आनंद उठाने लगे। उदय बाबू को थोड़ी देर में ही छींक आनी शुरू हो गई। पूरा बॉडी कँपकपाने लगा। जलालपुर पहुँचते-पहुँचते उनकी हालत खास्ता हो गई। वे थर-थर काँपने लगे। मुँह से कोई आवाज़ ही नहीं निकल रही थी। बाराती और सराती दोनों तरफ के लोग डर गए। "का कुटुम् का हो

गया। कुछ तो बोलिए। ” कुछ लोगों ने उदय बाबू को झकझोरा। लेकिन कोई फायदा नहीं। आनन-फ़ानन में गाँव के वैद्य जी को बुलाया गया। कुटुम् को एक कमरे में सुलाकर वैद्य जी ने इलाज शुरू किया। किसी तरह देसी इलाज कर उन्हें सँभाला गया। ” यह बात मुझे भी पता नहीं चलती लेकिन एक बार उदय बाबू पहलवान जी से मिलने गया आए हुए थे तभी उन्होंने यह खुलासा किया। शर्मा जी ने बताया। बस के अगले हिस्से में हँसी-मजाक का दौर चल रहा था तो पिछले हिस्से में बच्चों ने अंत्याक्षरी जमा रखी थी।

इधर, चोट खाए शेर की तरह शहंशाह मौके की तलाश में था। वह हर हाल में स्टेशन पर हुई अपनी लानत-मलानत का बदला लेना चाहता था। मामू अबरार के नाम को भी बट्टा लगा था। वह अलग परेशान था। शहंशाह, अपने डीएसपी मामू और अबरार के साथ मिलकर रविंद्र को घेरने के लिए प्लान बनाता है। शहर में हर किसी के लिए यह कांड चर्चा का विषय बना हुआ था। स्थानीय बतोलेबाज़ और अबरार से ख़ार खाया शख्स कलनवा तो मानो खुशी से झूम उठा था। “गजब का जिगरा है भाई पहलवान के पास। यह जानते हुए भी कि शहंशाह अबरार का भगिना है; उससे पंगा लेना, कोई खेल नहीं। ” उसने अपने दोस्त ललनवा से कहा। “ई आदमी नाजायज़ सहनेवाला नहीं है। देखना स्टेशन और उसके आसपास से सभी ग़लत कामों का सफाया कर देगा। शहर में गंदगी भी तो बहुत फैल चुकी है। ज़मीन, दुकान, मकान कुछ भी खरीदो उसमें रंगदारी दो। ” ललनवा ने कहा। उस वक्त गया के नवाब कॉलोनी में कई लोग अपना मकान बनवा रहे थे, जिन्हें रंगदारी देने के लिए एक एमएलए द्वारा तंग किया जाता था। कहीं भी नया मकान बनते देख विधायक का आदमी वहाँ पहुँच जाता और कहता- “लगता है शहर में नये आए हो, इसीलिए क़ायदे-कानून से वाकिफ़ नहीं हो। विधायक जी को नज़राना दिया है? मिला है उनसे। ” जोर से चिल्लाता है वह जल्लाद !

'लाल परी' करवाती सियासी जंग

सच का साथ देने और ग़लत को ग़लत कहने की वजह से पहलवान के दुश्मनों की संख्या में दिन-प्रतिदिन थोक के भाव से इज़ाफ़ा हो रहा था। हजारीबाग से पलटन वापस गया आ चुकी थी। बच्चों ने काफी एन्ज्वॉय किया था। सुबह के सात-साढ़े सात बज रहे थे। रेलवे कॉलोनी में चबूतरे के पास पहलवान जी से मिलनेवालों की भीड़ जमा हो जाती है। अब लोग उन्हें अपना दुःख-दर्द बाँटनेवाला ऐसा शख्स मानने लगे थे, जो दिखता तो उनके जैसा ही था बस शारीरिक जोड़-घटाव, गुणा-भाग में उनसे ज़्यादा था। "भईया स्कूल का बहुते बुरा हाल है। आए दिन वहाँ मनचले छेड़खानी किया करते हैं। अब तो स्कूल की चहारदीवारी के अंदर भी ग़लत हरकतें होने लगी हैं। आसपास के लोगों का जीना मुहाल हो गया है।" फ़रियादी ने गुस्से में कहा। "चलो देखते हैं, शंकर को बोलो गाड़ी निकालने के लिए।" शिकायतकर्ता को लेकर पहलवान जी स्कूल की ओर चल देते हैं। कुछ ही देर में वे लोग स्कूल पहुँच जाते हैं। गेट पर खड़े गार्ड से शंकर बोलता है, "फाटक खोलिए, पहलवान जी आए हैं।" स्कूल में हड़कंप मच जाता है। कानाफूसी होने लगती है। अलग-अलग तरीके से उनके आने का मतलब निकाला जाने लगता है। रविंद्र पहलवान सीधे प्रिंसिपल के चैंबर में दाखिल होते हैं, "प्रणाम! प्रिंसिपल साहब, कैसे हैं? अचानक अपने चैंबर में पहलवान जी को देखकर प्रिंसिपल साहब थोड़ा हड़बड़ा जाते हैं फिर अपने आपको सँभालते हुए कहते हैं, "प्रणाम, प्रणाम! पहलवान जी, मैं तो ठीक हूँ लेकिन आप आज इधर का रास्ता कैसे भूल गए?" जब कुछ ग़लत होगा तो रास्ता भूलना ही पड़ता है।" रविंद्र ने कड़े लहजे में कहा। "आपने तो स्कूल में गंध मचा रखा है। शिक्षा के मंदिर में क्या चल रहा है, आपको नहीं पता?" पहलवान जी का ख़राब मूड देखकर प्रिंसिपल साहब चुप रहना ही बेहतर समझते हैं। खरी-खोटी सुनाने के बाद रविंद्र तो वहाँ से चला जाता है लेकिन प्रिंसिपल साहब को यह सब अच्छा नहीं लगता है। वे उच्चाधिकारी को फोन मिला देते हैं।

"सर, ये ठीक बात नहीं है। आख़िर किस हैसियत से पहलवान जी स्कूल आए और मुझे भला-बुरा कहा। " "तुम्हें, इसमें कुछ ग़लत लगता है तो कानून का सहारा ले सकते हो। " दूसरी ओर से सरनुमा टाइप आदमी ने कहा। हरी झंडी मिलते ही प्रिंसिपल ने अपने एक चहेते टीचर से पहलवान जी के ख़िलाफ़ फ़र्ज़ी मुक़दमा करवा दिया। उधर, शहंशाह और उसके डीएसपी मामू ने भी खेल कर दिया था।

पहलवान जी, इन सब बातों से बेख़बर हावड़ा से ड्यूटी करके गया पहुँचे तो घरवालों ने बताया कि सुशील की तबीयत ख़राब हो गई थी, इसलिए मगध मेडिकल कॉलेज में उन्हें भर्ती करवाना पड़ा। सुशील टीटी क्वार्टर में ही रहता था और रिश्ते में रविंद्र का चचेरा भाई लगता। भाई की तबीयत ख़राब होने की ख़बर सुनकर वे चिंतित हो गए और उसे देखने के लिए तुरंत बुलेट स्टार्ट किया और अस्पताल की ओर चल पड़े। सुशील का ट्रीटमेंट एक सामान्य मरीज की तरह हो रहा था। पहलवान जी ने अपने स्वजनों को सख़्त हिदायत दे रखी थी कि उनके नाम का बेजा इस्तेमाल कोई नहीं करेगा। अचानक अस्पताल में पहलवान जी को देखकर सभी चौंक पड़ते हैं। जब उन्होंने बताया कि मैं यहाँ पर अपने भाई सुशील को देखने आया हूँ तब सब ने राहत की साँस ली। डॉक्टरों से अपने भाई का हालचाल लेने के बाद वे बाहर निकले तो पुलिस फोर्स को देखकर चौंक पड़ते हैं। अस्पताल गेट से बाहर निकलते ही बड़ी संख्या में पुलिसकर्मी उन्हें घेर लेते हैं।

"आपके ख़िलाफ़ कोतवाली थाने में कंप्लेन दर्ज हुआ है। आपको थाने चलना होगा। " डीएसपी ने कहा। पहलवान जी कानून का बहुत सम्मान करते थे। वे खुद मिलिट्री में रह चुके थे, इसलिए अनुशासन व नियम-क़ायदों के पक्के थे। उन्होंने डीएसपी से केवल इतना ही पूछा, "आप किस मामले में मुझे गिरफ़्तार कर रहे हैं? " "वो मैं यहाँ नहीं बता पाऊँगा; आप थाने चलिए वहाँ एसपी साहब भी पहुँच रहे हैं, आप खुद उनसे पूछ लीजिएगा। " डीएसपी ने कहा। पहलवान जी का माथा ठनका, आख़िर माजरा क्या है? लेकिन हालात उनके अनुकूल नहीं था और वे यहाँ पुलिस से उलझना नहीं चाहते थे, लिहाज़ा

ख़ाकी के साथ हो लिए। जंगल की आग की तरह पहलवान जी की अरेस्टिंग की ख़बर पूरे गया शहर में फैल जाती है। वे कोतवाली थाना पहुँचते, उसके पहले ही उनके समर्थकों की फ़ौज वहाँ जुट गई। हेल्पिंग नेचर के कारण सभी जगह उनके चाहनेवाले मौजूद थे। जब पुलिस उनसे पूछताछ कर रही थी, तभी उनका कोई समर्थक चारों ओर यह ख़बर फैला देता है कि पहलवान जी को अरेस्ट कर लिया गया है। पुलिस उन्हें कोतवाली थाने की ओर ले जा रही है।

यह ख़बर सिर्फ गया तक ही सिमटी नहीं रही बल्कि राजधानी पटना (सेंटर ऑफ पावर) के सियासी गलियारों में भी गूँजने लगती है। फोन की कर्कश ध्वनियों से ख़ाकी के छोटे-बड़े अफ़सरानों से लेकर लाल बत्ती धारित खादीधारियों की नींद हराम हो जाती है। उस वक़्त मनपसंद रिंगटोन व साइलेंट-वाइब्रेट जैसी सुविधाएँ नहीं थीं। किसी का कॉल रिसीव नहीं करना हो तो टेलीफोन का चोंगा उठाकर साइड में रख दीजिए, टेंशन ख़त्म। हाँ, चार चक्कवा में लाल बत्ती लगाकर घूमने का बड़ा ज़ोर प्रचलन था। पटना में इसी ‘लाल परी’ की ख़ातिर ही तो छोटे-बड़े नेता हर वक़्त सियासी गुणा-भाग में लगे रहते थे। रात में तो इस लाल परी की छटाँ देखते ही बनती थी। सामने से गुजर जाए तो गाड़ी के अंदर बैठी शख़्सियत को जानने की लालसा पैदा कर दे। आप खुद-ब-खुद जानने के लिए उत्सुक हो जाते कि गाड़ी में कौन है? यही ‘लाल परी’ यानी ‘लाल बत्ती’ आम और ख़ास को अलग करती...मानव को महामानव जैसा फील कराती। पाँच लाख की गाड़ी को बेशक़ीमती बना देती। लाल बत्ती लगी एंबेसडर कार के अंदर बैठने पर रॉयल होने का जो अहसास होता, वह बीएमडब्लू, ऑडी जैसी महँगी कारों में भी बैठने पर नहीं मिलता।

मगध के दबंग विधायक राम सिन्हा गुस्से से भभक रहे थे। ड्राइंग रूम में उनकी चहलक़दमी तेज़ हो गई थी। सुबह से कई लोगों को बेवजह डाँट चुके थे। “ई आज मालिक को का हो गया है? ” एक सेवक बोलता है। “नहीं पता तुमको...गया वाले पहलवान जी अरेस्ट हो गए हैं न। सर, जब से सुने हैं तभी से इनका गुस्सा सातवें आसमान पर है। अबतक पचासों आदमी को फोन लगा चुके हैं। लगता है कोई बड़ा कांड हो गया है, पुलिस छोड़ने के लिए तैयार नहीं

है। डीएसपीवा के त फोने पर खूबे गरियाइन हैं।" दूसरे सेवक ने विस्तार से उसे पूरी बात बताई। पूरे मगध में राम सिन्हा से ज़्यादा हनक वाला पॉलिटिशियन दूसरा कोई नहीं था। मंत्री भी रह चुके थे। जाति से भी टाइट। मन-मिज़ाज तो बुलंद रहता ही था। कुल मिलाकर भौकाल ऐसा कि जिधर से गुजर जाएँ, धूरि-धूरि कर देते। 'लाल परी' का सुख भी भोग चुके थे, इसीलिए उसका मोह नहीं जा रहा था। घर के बाहर खड़ी गाड़ी में लाल बत्ती टिमटिमा रही थी। क़ायदे से उन्हें बत्ती उतार देनी चाहिए थी क्योंकि अब वे सिर्फ एमएलए थे। "गाड़ी तैयार करो।" अंदर से राम सिन्हा की कड़क आवाज़ आती है। बाहर सन्नाटा पसर जाता है। हँसी-मज़ाक कर रहे गार्ड, बॉडीगार्ड सब हलक से अपनी आवाज़ को नीचे उतारने लगते हैं और फ़टाफ़ट अपने स्थान पर जाकर पोज़ीशन ले लेते हैं। साहब के गुस्से से सभी पूर्व परिचित थे। विधायक जी बाहर आते हैं। पलटन गया कूच करने के लिए तैयार थी। "फोन पर नहीं मानेगा भाई साहब ! आप मैटर की गंभीरता को समझ नहीं पा रहे हैं। मेरी आईजी से बात हुई है। अंदरखाने कई तरह की बातें चल रही हैं; मैं फोन पर नहीं बता सकता। उस वक़्त बड़े लोग कॉर्डलेस फोन रखते थे। यह एक तरह का सोशल स्टेटस भी था। इस बार विरोधियों ने सोची-समझी रणनीति के तहत चाल चली है। 'पहलवान दिल का सच्चा है, निडर है, ताक़तवर है लेकिन चालबाज़ और शातिर नहीं है।' भाई साहब ! मुझे पक्का यक़ीन है, इस बार किसी बिसखोपड़े के दिमाग़ से यह खेल खेला जा रहा है। क्राइम कंट्रोल एक्ट लगाने की तैयारी चल रही है। आनन-फ़ानन में डीएम संगीता वर्मा ने कस्टडी वारंट जारी कर दिया है। यह सब क्या शो करता है भाई साहब ?" सिन्हा ने भाई साहब का फोन काटा और तुरंत एक नंबर मिलाया। नंबर मिलते ही उधर से बिना औपचारिकता के- "यह मैं क्या सुन रहा हूँ, सिन्हा ! "जी पहलवान के सारे दुश्मनों ने आपस में हाथ मिला लिया है। सत्ता के इशारे पर पुलिस-प्रशासन के लोग भी उसके ख़िलाफ़ काम कर रहे हैं लेकिन आप चिंता नहीं कीजिए जबतक मैं ज़िंदा हूँ तबतक पहलवान का बाल भी बाँका नहीं होने दूँगा।" सिन्हा ने विश्वास के साथ कहा। "अभी मैं थोड़ा जल्दी में हूँ। बाद में कॉल करता हूँ।" इतना कहकर उन्होंने कॉर्डलेस फोन अपने आदमी को थमाया और लाल बत्ती वाली गाड़ी को बाहर निकालने

का इशारा किया।

"रविंद्र पहलवान तुम मत घबराना, तेरे पीछे सारा जमाना...जबतक सूरज-चाँद रहेगा तबतक तेरा नाम रहेगा। " कोतवाली थाने के चारों तरफ से ऐसी आवाज़ें आ रही थीं। पूरा इलाक़ा पहलवान के नाम से गूँज रहा था। अंदर पुलिस और बाहर लोगों ने थाने की घेराबंदी कर रखी थी। "हैलो-हैलो कंट्रोल रूम...भीड़ बढ़ती जा रही है। कंट्रोल करना मुश्किल हो रहा है। लोगों ने थाने को चारों ओर से घेर रखा है। " वायरलेस पर घनघनाने लगा था ये मैसेज ! पुलिस के आलाधिकारी पल-पल के बदलते घटनाक्रम पर नज़र बनाए हुए थे। रविंद्र पहलवान थाने के अंदर इंस्पेक्टर की सामनेवाली कुर्सी पर चुपचाप बैठे हुए थे। अभी तक उन्हें किस मामले में अरेस्ट किया गया है, यह भी नहीं बताया गया था। उनके ख़ास लोग गया और पटना के बड़े वकीलों से संपर्क साधने में लगे थे।

चतरा में होना था एनकाउंटर

सीएम हाऊस से डीएम को फोन जाता है, "क्या हो रहा है यह सब ? आपने तो कहा था हम सिचुएशन हैंडल कर लेंगे। लेकिन मेरे पास गया से जो ख़बर छन कर आ रही है, उसके मुताबिक अगर पहलवान ने भीड़ को उकसा दिया तो पूरा शहर जल जाएगा। " "सर, मैंने तो पहले ही मना किया था आपको... साफ-साफ कहा था, अभी पहलवान को अरेस्ट करना ठीक नहीं होगा। थोड़े दिन रुक जाइए। कुछ ठोस सबूत हाथ लग जाने दीजिए लेकिन आप नहीं माने। हमलोगों को पहलवान के मामले में कुछ दिन और रुकना चाहिए था। पहलवान को अरेस्ट करने के लिए पुलिस के पास संगीन धाराओं में कोई केस नहीं है। हमलोग रविंद्र को 24 घंटे से ज़्यादा थाने में भी नहीं रख सकते। " डीएम के ऐसा कहने पर दूसरी ओर से आवाज़ आती है, "बोधगया में जब मेरे विधायक उसकी शिकायत कर रहे थे, तो मैंने पूछा था, ये कौन पहलवान है? तब आपने कहा था, 'मैं सब सँभाल लूँगी। ' लेकिन अब आपकी भाषा बदल गई है ! खैर, अब आगे का क्या प्लान है? जल्दी बताइए...कुछ देर चुप्पी के बाद, क्या ! एनकाउंटर वाला प्लान कैंसिल करना होगा। चतरा में तो सारी तैयारी हो चुकी है। बहुत मुश्किल से पहलवान हाथ आया है। दूसरी साइड वाला शख़्स बोलता है।

इधर, थाने के बाहर लोगों का जमावड़ा बढ़ते ही जा रहा था। मंज़र बड़ा ही भयानक था। कब भीड़ हिंसक हो जाए, कहना मुश्किल ! हर किसी के चेहरे पर पुलिस के ख़िलाफ़ गुस्से का उबाल था। बच्चे-बूढ़-जवान यहाँ तक कि महिलाओं ने भी थाने को घेर रखा था। दोपहर से शाम और अब रात होने को आई थी। लेकिन पहलवान का क्या करना है? इसका आदेश थानेदार को अबतक कहीं से नहीं मिलता है। पटना से बड़े वकील गया पहुँच चुके थे। स्थानीय वकील को साथ लेकर सभी पहलवान से मिलने सीधा थाने पहुँचते हैं। चतरा में एनकाउंटर की साज़िश रची जा रही है; इस बात की जानकारी एसपी-

डीएम व अन्य दो-चार लोगों को छोड़कर किसी को नहीं थी। कभी-कभी छोटे लोग भी बहुत काम आ जाते हैं। पहलवान जी हमेशा कमजोर लोगों के हक़ की लड़ाई लड़ते थे, लिहाज़ा छोटे तबके का एक बड़ा वर्ग उनका समर्थक बन गया था। ग़रीब-गुरबों के मान-सम्मान की रक्षा के लिए उन्होंने रेलवे मज़दूर संघर्ष समिति बना रखी थी। "भईया, भईया ! कहते थाने के अंदर तेज़ी से एक नाटे क़द का आदमी प्रवेश करता है। वह पहलवान जी के कान में कुछ फुसफुसाता है। क्या कह रहे हो ! हाँ, भईया सही बात है, यक़ीन कीजिए मेरी बात पर। मैं यहाँ ज़्यादा देर रुक नहीं सकता हूँ नहीं तो मेरी नौकरी ख़तरे में पड़ सकती है। आपको किसी भी क़ीमत पर यहाँ से बाहर नहीं जाना है, बस इतना ध्यान रखना है। " इतना बोलकर वह थाने में जितनी तेज़ी से आया था, उससे दुगुनी रफ़्तार से बाहर निकल जाता है। पटना से आए वकील कुछ औपचारिकता पूरी कर थाने के अंदर पहलवान जी से मिलते हैं। "यह सब क्या हो गया पहलवान जी? आप पर पहले से तो कोई केस नहीं था, फिर पुलिस कैसे ऐसा कर सकती है? " "नमस्कार, गणेश बाबू कैसे हैं आप? " पहलवान जी ने पूछा। गणेश सिंह पटना हाईकोर्ट के नामी क्रिमिनल लॉयर थे। "सब अच्छा है पहलवान जी।" उन्होंने कहा। "लेकिन आपको ऐसे देखकर अच्छा नहीं लग रहा है। आपका या आपके किसी आदमी का हाल में किसी से कोई झगड़ा-झंझट तो नहीं हुआ है न? " गणेश बाबू ने पहलवान जी से पूछा। "नहीं, मेरा तो हाल-फिलहाल में किसी से लड़ाई-झगड़ा नहीं हुआ है लेकिन मेरे ग्रामीण का एक होटलवाले से किसी बात को लेकर कहा-सुनी हुई थी। " पहलवान जी ने कहा। "अभी-अभी आप लोगों के आने से पहले मुझे एक और बात का पता चला है लेकिन उसपर यक़ीन करना थोड़ा मुश्किल हो रहा है। " उन्होंने गणेश बाबू के कान में कुछ फुसफुसाया तो वे एकदम से चौंक पड़े ! "क्या बोल रहे हैं पहलवान जी? अगर ऐसी बात है तो आप अपने सभी आदमियों को बोल दीजिए कि वे रात में भी थाने के बाहर से नहीं हटेंगे, चाहे कुछ भी हो जाए। " गणेश बाबू ने कहा। "मैं अभी तुरंत पटना के लिए रवाना हो जाता हूँ और आप सुबह मुझे एफआईआर की कॉपी फैक्स करवा दीजिएगा, क्योंकि अब ये लोग आपके खिलाफ फ़र्ज़ी केस कर आपको जेल भेजने की तैयारी में जुट जाएँगे। मैं सुबह कोर्ट खुलते ही

सबसे पहले बेल के लिए मूव कर दूँगा। ” यह गणेश बाबू का अनुभव बोल रहा था। वकालत में उन्होंने यूं ही बाल सफ़ेद नहीं किया था। पुलिस की रग-रग से वाक़िफ़ थे। ‘एनकाउंटर कोई खेल है क्या? लेकिन फिर भी पुलिस का क्या भरोसा !’ गणेश बाबू बुदबुदाते हुए अपने साथियों के साथ थाने से बाहर निकलते हैं और वहीं से पटना के लिए रवाना हो जाते हैं। रविंद्र पहलवान के एनकाउंटर की साज़िश रची गई है। यह ख़बर गया के बच्चे-बच्चे को पता चल जाती है। ख़बर लीक होने के कारण विरोधियों की यह चाल नाक़ामयाब हो जाती है। गणेश बाबू का अनुभव सच साबित हुआ था। रात में ही शहंशाह, होटल और स्कूल वाले मामले में पहलवान जी को आरोपी बनाकर उनके ख़िलाफ़ मुक़दमा दर्ज कर लिया जाता है।

“साला, आज ही गाड़ी भी ख़राब होनी थी। क्या करते हो तुमलोग, सर्विसिंग का ध्यान भी अब मैं ही रखूँगा क्या? ” विधायक सिन्हा अपने लोगों पर भड़क पड़ते हैं। वे जल्द-से-जल्द गया पहुँचना चाह रहे थे लेकिन गाड़ी जहानाबाद से आगे एक गाँव के पास अचानक चलते-चलते बंद हो गई थी। “अरे ! करुआ कहाँ रह गया? उसकी गाड़ी तो दिख ही नहीं रही है। ” सिन्हा ने अपने आदमियों से पूछा। ‘करुआ’, विधायक जी का सबसे ख़ास आदमी था। उनके इशारे पर किसी का भी जहन्नुम का ‘टिकट’ काट देता था। अब भला करुआ को क्या पता कि आगे विधायक जी की गाड़ी ख़राब हो जाएगी और वे उसे खोजने लगेंगे। रास्ते में रजनीगंधा-तुलसी दिखा नहीं कि उसका पैर ऑटोमेटिक ब्रेक पर चला जाता है और गाड़ी दुकान के सामने चूं कर रुक जाती है। उसके पास यही वक़्त था जब वह रजनीगंधा से जुगाली कर सके, क्योंकि विधायक जी के सामने उसे अपने मुँह पर ताला लटकाकर रखना पड़ता। थोड़ी ही देर में करुआ की गाड़ी भी वहाँ पहुँच जाती है। “कहाँ रह गया था रे? चल जल्दी, बहुत लेट हो गया है। ” यह कहते हुए विधायक जी करुआ की गाड़ी में बैठ जाते हैं। एक-डेढ़ घंटे के बाद वे लोग गया पहुँच जाते हैं। गया में उनके कुछ ख़ास लोगों को ही पता था कि वे आ रहे हैं। रात हो चुकी थी, इसलिए तय हुआ कि पहलवान से मिलने सुबह थाने चला जाएगा। हालाँकि पहलवान जी तक यह बात पहुँच चुकी थी कि राम सिन्हा गया पहुँच चुके हैं।

रात भर लोगों ने चूड़ा-गुड़ खाकर गुज़ार दिया था लेकिन थाने के बाहर से टस-से-मस नहीं हुए थे। ऐसा गया में आजतक नहीं हुआ था कि किसी के लिए लोग रातभर थाने को घेरकर रखे हों। अगले दिन सुबह-सुबह सुरेश यादव के घर अबरार, शहंशाह और होटल मालिक भागे-भागे पहुँचते हैं। नौकर गेट खोलकर तीनों लोगों को ड्राइंगरूम में बैठाता है। थोड़ी ही देर में तौलिए से मुँह पोंछते हुए सुरेश यादव भी आ जाते हैं। "क्या बात है ! आज तीनों सुबह-सुबह एक साथ। ज़रूर कोई गंभीर मसला होगा ?" वे अबरार की ओर देखकर बोलते हैं। क्यों, आपको अभी तक कुछ पता नहीं चला है क्या ! पहलवान के लिए लोग रातभर थाने को घेरकर गुजार देते हैं ! होटल मालिक आश्चर्य से बोलता है। "अरे यार ! ये तो पूरा प्लान ही उल्टा हो गया। पहलवान की लोकप्रियता के बारे में तो हमलोगों को अंदाज़ा ही नहीं था। लोग रात में भी अपने घर न जाकर उसकी रिहाई के लिए थाने को घेरकर बैठे रहेंगे, ये तो सपने में भी नहीं सोचा था हमलोगों ने। सुरेश यादव ने अबरार की ओर देखकर कहा। शहंशाह और होटल मालिक के चेहरे का रंग भी उड़ा हुआ था। एक व्यक्ति कब और कैसे इतना लोकप्रिय हो गया, इसी पर वे लोग रातभर मंथन करते रहे।

इधर, सुबह होते ही विधायक राम सिन्हा सबसे पहले थाने पहुँचे और बवाल काटने लगे। "कहाँ है ऊ डीएसपी, जिसने पहलवान को अरेस्ट किया ?" विधायक जी का रौद्र रूप देखकर इंस्पेक्टर की सिट्टी-पिट्टी गुम हो जाती है। राम सिन्हा खुद गया आ जाएँगे, यह किसी ने नहीं सोचा था। "सर-सर, शांत हो जाइए, बैठिए, पहले पानी पी लीजिए फिर बात करते हैं।" किसी तरह इंस्पेक्टर ने उन्हें शांत किया और एसपी से बात करवाई। "आप अभी तुरंत पहलवान को कोर्ट में पेश करवाइए; मैं कुछ नहीं जानता हूँ।" एमएलए राम सिन्हा ने एसपी को कहा। बवाल बढ़ता देख पुलिस के आलाधिकारी आनन-फ़ानन में रविंद्र पहलवान को भारी सुरक्षा के बीच कोर्ट में पेश करते हैं। वहाँ से उन्हें 14 दिनों की न्यायिक हिरासत में जेल भेज दिया जाता है। उनके जेल जाने के बाद अब सारा कुछ कोर्ट से होना था। कानून के जानकार अपने काम में लग गए थे। सुबह ही एफआईआर की कॉपी एडवोकेट गणेश बाबू को फैक्स कर दी गई थी। पटना हाईकोर्ट में इस केस को लेकर पहले से ही गहमागहमी

थी। चर्चा ज़ोरों पर थी कि आज गणेश बाबू और रामसूरत महतो के बीच भिड़ंत होनेवाली है। सरकार की ओर से महाधिवक्ता रामसूरत महतो को जवाब देना था। वे भी अपने समय के नामी वकील थे। कोर्ट रूम खचाखच भरा हुआ था। कई दूसरे कोर्ट के वकील भी जिरह देखने पहुँच जाते हैं। सुबह दस बजे कोर्ट की कार्यवाही शुरू होती है। न्यायाधीश के कोर्ट में प्रवेश करते ही सभी खड़े होकर उनका अभिवादन करते हैं। गणेश बाबू शुरू हो जाते हैं, "मी लॉर्ड, यह अन्याय है; यह डीएम का सनकीपन है। एक सरकारी सेवक पर क्राइम कंट्रोल एक्ट लगाने की तैयारी की जा रही है। मेरे मुवक्किल पर झूठा मुकदमा किया गया है। जिस डेट में केस फ़ाइल हुआ है, उस दिन तो रविंद्र गया में था भी नहीं। वह तो ट्रेन लेकर कलकत्ता गया हुआ था; यह देखिए सुबूत। इतना कहकर गणेश बाबू एविडेंस के तौर पर काग़ज़ात जज साहब की ओर बढ़ा देते हैं। आख़िर यह जंगलराज नहीं तो और क्या है हुज़ूर? मेरा मुवक्किल ज़मानत पाने का अधिकारी है।" जज साहब गणेश बाबू की बातों को गंभीरता से सुनते हैं फिर महतो जी की ओर देखकर कहते हैं, "आपको कुछ कहना है रामसूरत बाबू?" "जी हुज़ूर! आरोपित के खिलाफ संगीन धाराओं में मामला दर्ज है, इसलिए मैं ज़मानत का विरोध करता हूँ।" रामसूरत बाबू ने कहा। लेकिन सरकारी वकील के विरोध के बाद भी केस के मेरिट पर पहलवान जी को ज़मानत मिल जाती है। ज़मानत मिलने की ख़बर गया पहुँचते ही समर्थक खुशी से नाच उठते हैं। गणेश सिंह तुरंत एक आदमी को बेल का ऑर्डर लेकर गया जाने के लिए कहते हैं। बेल मिलने के बावजूद डीएम संगीता वर्मा ने अड़ंगा लगाते हुए एक आदेश जारी कर दिया, "माननीय उच्च न्यायालय के आदेश का अनुपालन करने के लिए बेलर के एंटीसीडेंट कैरेक्टर की जाँच करवाई जाए।" इस जाँच का सीधा मतलब था, किसी तरह बेलर के कैरेक्टर पर सवाल खड़ा कर बेल को टाल दिया जाए। पहलवान जी के वकील हालात को भाँप चुके थे। डीएम का रवैया सही न देखकर वे लोग बिना समय गँवाए आदेश का नक़ल लिया और दुबारा हाईकोर्ट पहुँच गए। अदालत के आदेश के अनुपालन में डीएम टालमटोल कर रही है, यह सुनते ही कोर्ट भड़क उठता है। "ये तो सरासर कोर्ट की अवमानना है। कोर्ट के ऑर्डर को भी अब डीएम नहीं मानेंगी! साफ-साफ दिख रहा है कि

बेल को लटकाने के लिए ऐसा किया गया है। " महाधिवक्ता रामसूरत महतो समझ गए कि अभी यहाँ कुछ बोले तो मामला बिगड़ जाएगा। उन्होंने तुरंत स्टेट की ओर से माफ़ी माँगी और कहा- "हुज़ूर ! डीएम कानून नहीं जानती हैं, इसलिए ऐसा हो गया होगा। " यह सुनते ही जज साहब का पारा और चढ़ जाता है, "तो क्या भारत का नागरिक इंडियन पेनल कोड (IPC) को नहीं पढ़ा है तो किसी का मर्डर कर देगा? " महाधिवक्ता लगातार कोर्ट से माफ़ी माँगते रहे। कोर्ट ने पहलवान जी के वकील गणेश बाबू से पूछा कि आपलोग अभी ट्रेजरी में 2000 रुपये नक़द जमा कर सकते हैं? जवाब, हाँ, में मिलने पर हाईकोर्ट ने बेल बॉन्ड को एक्सेप्ट करते हुए आदेश दिया कि ट्रेजरी में नकद 2000 रुपये जमा करें और यह आदेश गया जेल पहुँचते ही दस मिनट के अंदर आरोपित को रिहा किया जाए।

गणेश बाबू काग़ज़ी कार्रवाई निपटाने में लग जाते हैं और यह आदेश सीधा पटना हाईकोर्ट से उड़ता हुआ गया शहर पहुँच जाता है। पहलवान के समर्थक खुशियाँ मनाने लगते हैं। रंग-गुलाल लगाकर एक-दूसरे को बधाई देते हैं। पहलवान जी के ख़ास आदमी अलर्ट मोड में आ जाते हैं। उन्हें जेल से घर कैसे लाना है? इसकी पूरी प्लानिंग बनती है। रास्ता कौन-सा होगा? गाड़ी के साथ किसे कहाँ पर खड़ा रहना है? सब तय किया जाता है। गया के वकील भी काग़ज़-पत्तर ठीक करने में लग जाते हैं। अब पहलेवाली बात नहीं रही थी। इस घटना के बाद से पहलवान जी के लोग काफ़ी सतर्क हो गए थे और सुरक्षा को लेकर ख़ासा इंतज़ाम किया गया था। गया सेंट्रल जेल गेट पर आज बदला-बदला-सा नज़ारा था। बाहर गाड़ियों का क़ाफ़िला और लोगों के हाथ फूल-मालाओं से लदे थे। "हटो-हटो, रास्ता छोड़ो, वकील साहब को अंदर जाने दो। " भीड़ को चीरते हुए वकील साहब जेल के अंदर प्रवेश करते हैं और सीधा जेलर के कक्ष में जाकर काग़ज़ी औपचारिकताओं को पूरा करते हैं। जेल के वीआईपी कक्ष में मौजूद पहलवान जी को भी बेल मिल जाने की सूचना मिल चुकी थी। कुछ वैसे लोग थोड़ा उदास हो गए, जो पहलवान जी के बहाने ही जेल के अंदर वीआईपी ट्रीटमेंट का सुख भोग रहे थे। जेलर खुद पहलवान जी को छोड़ने जेल गेट तक आते हैं। हाथ जोड़कर सभी का अभिवादन कर रविंद्र

पहलवान जैसे ही गेट से बाहर निकलते हैं...ज़ोरदार आवाज़ में नारेबाज़ी शुरू हो जाती है, "हमर नेता कईसन हो, रविन्दर पहलवान जईसन हो...जबतक सूरज-चाँद रहतई, तबतक तोहर नाम रहतई। " अब लोग उन्हें टीटीई नहीं बल्कि अपने विधायक के रूप में देख रहे थे। अपने प्रति लोगों का इतना प्यार देखकर पहलवान जी की आँखें गीली हो जाती हैं। इस घटना के बाद उनकी लोकप्रियता में चार गुना इज़ाफ़ा हो जाता है। ख़ाकी दूर से ही यह सब देख रही थी; किसी तरह की अप्रिय स्थिति पैदा न हो, इसको लेकर बड़ी संख्या में पुलिसकर्मियों की ड्यूटी वहाँ लगाई गई थी। सभी लोगों को प्रणाम कर पहलवान जी गाड़ी में बैठ जाते हैं। क़ाफ़िला चल पड़ता है। महज़ पाँच किलोमीटर की दूरी तय करने में तीन घंटे लग जाते हैं। गाड़ी फर्स्ट और सेकेंड गियर के बीच ही झूलती रहती है, कभी स्पीड पकड़ती ही नहीं है। सड़क पर समर्थकों का हुजूम टूट पड़ता है। पुलिस को काफ़ी मशक्क़त कर धीरे-धीरे गाड़ी आगे बढ़वानी पड़ती है। पटना, गया और जहानाबाद के ग्रामीण क्षेत्रों से उनके चाहनेवाले काफ़ी संख्या में पहुँचे हुए थे। हर कोई पहलवान जी के नजदीक पहुँचना चाह रहा था। रास्ते में कई जगहों पर लोग फूल-माला लेकर खड़ा थे। पहलवान जी गाड़ी रुकवाकर सभी से मिलते फिर आगे बढ़ जाते। धीरे-धीरे कर वे गया जंक्शन पहुँच जाते हैं और फिर वहाँ से डेल्हा, रेलवे कॉलोनी की ओर क़ाफ़िला मुड़ जाता है। उनके ख़ास आदमियों ने उन्हें चारों ओर से गार्ड कर रखा था। "आइए-आइए, पहलवान जी आपका रेलवे कॉलोनी में स्वागत है। " लोगों ने करतल ध्वनि से उनका ख़ैरमक़दम किया। पहलवान जी यह सब देखकर अभिभूत थे। उन्हें पहली बार अहसास हो रहा था कि लोग उन्हें कितना चाहते हैं।

खून की होली !

“पापा, इस बार गाँव चलें होली में। ” बेटी मोनी पहलवान जी से रेघाकर कहती है। “नहीं बेटा, मेरा मूड ठीक नहीं है। ” “इसीलिए तो कह रहे हैं पापा, गाँव चलेंगे तो थोड़ा चेंज भी हो जाएगा और आप यहाँ के माहौल से कुछ दिन के लिए अलग रह पाएँगे। ” मोनी ने बड़े प्यार से अपने पापा को मनाते हुए कहा। वह अपने पापा से बहुत प्यार करती थी। पापा को टेंशन में देखती तो उसे अच्छा नहीं लगता। अभी बाप-बेटी के बीच मान-मनौव्वल का दौर चल ही रहा था कि बड़ा बेटा रवि भी कमरे में आ जाता है। मोनी का हावभाव देखकर वह समझ जाता है कि ज़रूर आज ई लड़की फिर से कोई विशेष डिमांड कर रही है। “लगता है मोनी फिर कहीं घुमाने की ज़िद कर रही है पापा। ” उसने कहा। “नहीं भईया, इस बार मैं कहीं बाहर जाने की ज़िद नहीं कर रही हूँ। मैं तो पापा से गाँव चलने को कह रही हूँ। ” मोनी ने कहा। गाँव से रवि को भी बहुत लगाव था। वह चहक पड़ता है। “चलिए न पापा, चलिए...वह भी मोनी की हाँ में हाँ मिलाने लगता है। ” थोड़ी देर में किटू भी वहाँ आ जाता है। इस तरह धीरे-धीरे पूरा परिवार जुट जाता है और पहलवान जी को ना करते नहीं बनता है। होली में गाँव ‘तेजबिगहा’ चलना फ़ाइनल हो जाता है। सभी बच्चे खुशी-खुशी कमरे से बाहर निकलते हैं और पढ़ने बैठ जाते हैं। संध्या पहर होने को था, पहलवान जी भी अपने ख़ास मित्रों की संगति करने चबूतरे की ओर चल पड़ते हैं।

राजधानी पटना के एक घर में भी कुछ ऐसी ही तैयारी चल रही थी। हर साल यह परिवार भी होली में अपने गाँव ‘तेजबिगहा’ जाता था। इंजीनियर योगेंद्र शर्मा अपनी पत्नी व तीन बच्चों के साथ चौधरी टोला मुहल्ले में ‘माला दी’ के मकान में किराये पर रहते थे। किरायेदार कहने मात्र को थे, सभी परिवार की तरह ही रहते। शर्मा जी के तीनों बच्चों को गाँव से काफ़ी लगाव रहता है। अतुल तो गाँव जाने का सोचकर ही रोमांचित हो उठता है। उसे जैसे ही पता चलता है कि गाँव जाने की प्लानिंग बन रही है। वह भागकर अपने ज़िगरी दोस्त

गोपीनाथ के पास जाता है और चिल्लाकर कहता है, "मज़ा आ गया दोस्त ! होली में हमलोग अपने गाँव 'तेजबिगहा' जा रहे हैं। तुम भी चलोगे क्या चलो न बहुत मज़ा आएगा। मेरे गाँव की होली का जवाब नहीं। " गोपी कुछ नहीं कहता है वह तो बस अतुल का मुँह देखते रहता है। उसकी खुशी को आंकना चाहता है। थोड़ी देर बाद जब अतुल चुप हो जाता है तब वह कहता है, "अच्छा पहले अपने ख़ूबसूरत गाँव के बारे में कुछ बताओ तो सही। " गोपी का इतना कहना था कि अतुल चालू हो जाता है, तो सुनो मेरे दोस्त...पटना से 50 किलोमीटर और जहानाबाद से सात किलोमीटर की दूरी पर अवस्थित है मेरा प्यारा-दुलारा छोटा-सा गाँव 'तेजबिगहा'। इलाक़े की बात करें तो आसपास कुल मिलाकर 12 गाँव हैं, जिन्हें बारहगाँवा के नाम से जाना जाता है। नब्बे के दशक में होली व अन्य फंक्शन में गाँव जाना निश्चित था। ट्रेन से पापा स्टेशन गिनवाते ले जाते। पटना स्टेशन से मसौढ़ी, पुनपुन, पोठही, परसा, नदवाँ, नदौल आदि स्टेशनों को पारकर हमलोग जहानाबाद पहुँचते। उसके बाद गाँव जाने के लिए शुरू होती टमटम की सवारी। 'टगबग-टगबग' करते घोड़ा चल पड़ता। कभी-कभी उत्सुकतावश घोड़े की लगाम मैं भी थाम लेता लेकिन एक बार घोड़ा बेलगाम हो गया और हमलोगों की जान पर बन आई थी; उसके बाद से इस तरह के रोमांच से मैंने तौबा कर लिया। "

"गोपी सुन रहे हो न, बोर तो नहीं हो रहे, बीच-बीच में अतुल अपने लंगोटिया यार कन्हाई को टोकते रहता है। गोपी को प्यार से लोग कन्हाई भी बुलाते। हर किसी का चहेता कन्हाई लोगों की मदद करने को हर वक़्त तैयार रहता है। खैर, रास्ते में दक्षिणी एक जगह मिलती है। वैशाली से राजगीर जाने के क्रम में बुद्ध अपने शिष्यों के साथ कुछ दिन यहाँ ठहरे थे। बीच-बीच में प्रणाम-पाती भी चलते रहता। अतुल बताता है कि जैसे ही जान-पहचानवाले किसी बड़े-बुजुर्ग पर नज़र पड़ती, हम तीनों भाई एक साथ टमटम से ही चिल्ला पड़ते ! "पाँव लगी दादा। " गतिमान अवस्था में मुँह से ही चरणस्पर्श का यह अनोखा तरीका है। यह सब केवल गाँवों में ही देखने को मिल सकता है। आँखों में हरियाली और फेफड़े में शुद्ध ऑक्सीजन समेटे हमलोग हाटी मोड़ पहुँच जाते थे। यहाँ से दाएँ हमलोगों को अपने गाँव की ओर मुड़ना होता था। यह एक तरह

से जहानाबाद और तेजबिगहा के बीच स्टॉपेज था। हाटी गाँव के ही रहनेवाले थे, अंग्रेज़ी के प्रकांड विद्वान सकल सिन्हा। उन्होंने अंग्रेज़ी ग्रामर की कई किताबें लिखीं, जो अपने समय में काफ़ी पढ़ी जाती थीं। हाटी मोड़ पर हम तीनों भाई 'हलका' होते; पेड़ा वगैरह खाते और हाँ, सबसे ज़रूरी काम, दादी के लिए बीड़ी खरीदना नहीं भूलते। दादी शौंकिया बीड़ी पीती थीं। उनतक सुरक्षित बीड़ी पहुँचाने का ज़िम्मा मेरा ही था। वे बीड़ी जलाने को कहतीं तो मौक़े का फायदा उठाकर एकाध फूँक मैं भी मार लेता। दादी से मुझे विशेष स्नेह था। रात में सोते वक़्त पता ही नहीं चलता कि कब वो मेरे बगल में आकर बैठ जातीं और सरसों तेल से पूरे शरीर की मालिश कर बदन दर्द का नामोनिशान मिटा देतीं। कन्हाई को अब कहानी सुनने में मज़ा आ रहा था। वह तल्लीनता से अपने दोस्त के गाँव की कहानी सुन रहा था।

अतुल आगे बताता है...टमटम गाँव में प्रवेश करता नहीं कि हल्ला हो जाता, "पटनावाला बच्चवा सब आ गया; छपरावाली आ गई।" मेरा ननिहाल छपरा होने की वजह से माँ को छपरावाली कहकर बुलाया जाता। शहर से आए लोगों के लिए अस्थायी रूप से शौचालय की व्यवस्था तो थी लेकिन कुछ दिनों की संगति के बाद हम तीनों भाई सामूहिक व्यवस्था में ढल जाते और सुबह उठकर लोटा लेकर खेत में जाना शुरू कर देते। नहाने के लिए कुएँ से पानी निकालने के दौरान इस कहावत का अर्थ भी समझ में आया, "रसरी आवत-जात ते, सिल पर परत निशान, करत-करत अभ्यास के जड़मति होत सुजान।" सबसे अधिक मज़ा बोरिंग के नीचे नहाने में आता। वह एक तरह से आजकल का झरना था, सुपरफास्ट पानी वाला झरना। गुल्ली-डंडा, लाले-लाल से लेकर ढोल-पत्ता जैसे खेलों से गाँव की गलियाँ और मैदान गुलज़ार रहते। बड़े लोग फुटबॉल का मैच जमाते। ढोल-पत्ता खेलने के दौरान ही गाँव के बच्चे पेड़ पर चढ़ना सीख जाते। 'कचरस' यानी बैल से गन्ने का रस पैराते देख हमलोग अचरज में पड़ जाते। राकेश भईया के यहाँ बैठकी लगती; ताश के पत्तों को फेंटा जाता और वहीं कचरस का रसास्वादन भी हमसब करते।

तेजबिगहा में दिन की शुरुआत कुश्ती से होती। उस वक़्त इससे ज्यादा

रोमांचवाला खेल कोई नहीं था। लगभग 35-40 लोग एक ही कैंपस में रहते थे। उनका खाना-पीना सब एक ही साथ होता था। इतने बड़े परिवार की परवरिश के लिए कुछ नियम भी बने हुए थे। वेतन के मुताबिक परिवार के मुखिया के पास कम-से-कम 30 रुपये से लेकर अधिकतम 75 रुपये तक जमा करना पड़ता था। तड़वाना से भी थोड़ी-बहुत आमदनी हो जाती। बाहर रहनेवालों को साल में दो बार यानी रोपनी और धनकटनी के समय गाँव आकर श्रमदान करना अनिवार्य था। सबसे अच्छी बात ये थी कि सभी इसका पालन करते थे। बड़े और छोटे का कोई भेदभाव नहीं था। उस समय के जेनरेशन में लगभग सभी लोग सरकारी नौकरी में थे, चाहे वह सिपाही की नौकरी ही क्यों न हो? कुश्ती का खेल देखना हम तीनों भाइयों के लिए किसी रोमांच से कम नहीं था। कभी-कभी अखाड़े में तीनों को भी अलग-अलग जोड़े के साथ उतार दिया जाता। मुकेश, रिंकू, संजीव, राजीव और लाल बाबू के साथ चिंटू भईया और मेरी जोड़ी लगती। दंगल जितना ताकत का खेल है, उतना ही दिमाग़ का भी। फुर्ती के साथ सही समय पर जो सही दाँव लगाएगा, जीत उसी की होगी। पापा, चाचा व बड़े भईया सब एक साथ बैठते और पुराने दिनों को याद कर क़िस्से-कहानियों की तरह सुनाते। गोपी, अतुल की बातें एकटक सुने जा रहा था। "क्या हुआ मित्र ! कहाँ खो गए? अब लौट आओ। घर चलना है। " अतुल ने कहा। "क्या क़िस्सा सुनाए यार, मज़ा आ गया। मैं तो एकदम-से तुम्हारे गाँव चला गया था। " गोपी ने कहा। "तो चलो मेरे गाँव होली में, हमलोग तो जा रहे हैं। " अतुल ने तपाक से कहा। "नहीं, इस बार नहीं, अगली बार पक्का चलेंगे। " गोपी ने ज़ोर देकर कहा।

गाँव में होली की तैयारी ज़ोरों पर थी। इस बार बड़े पैमाने पर लोगों का जुटान हुआ था। बाहर रहनेवाले भी आ हुए थे। कुछ दिनों के लिए फगुआ के गीतों से गाँव गुलज़ार रहता। रविंद्र पहलवान और योगेंद्र शर्मा का परिवार तेजबिगहा पहुँच चुका था। बाबा चिंटू का क्लास लगा रहे थे। "अच्छा बताओ, 'एक पेड़ से चार आम गिर जाते हैं', इसका ट्रांसलेशन क्या होगा? " "क्या बाबा, आप शुरू हो गए। मुझे नहीं पता। " चिंटू ने थोड़ा गुस्से में कहा। "अच्छा, ट्रांसलेशन छोड़ो, मैथ बताओ। " बाबा ने कहा। ध्यान से सवाल सुनो, "एक

बंदर एक पेड़ पर 4 मीटर चढ़ता है फिर 2 मीटर नीचे फिसल जाता है। ” अभी सवाल पूरा भी नहीं हुआ था कि चिंटू वहाँ से नौ-दो-ग्यारह हो जाता है। “चिंटू-चिंटू, बाबू, सुनो तो...कहाँ जा रहे हो? ” बाबा पुकारते रह जाते हैं। लेकिन चिंटू कहाँ सुननेवाला था। वह तो ऐसे भागा जैसे ‘गधे के सिर से सिंग गायब’ हो जाता है। वह भागकर मैदान आ जाता है, जहाँ बच्चे क्रिकेट खेल रहे थे; चिंटू भी उनके साथ खेलने लगता है। मंटू से कोई इस तरह के सवाल पूछता ही नहीं क्योंकि वह बचपन से ही कुशाग्र बुद्धि का धनी रहता है। उसकी उम्र के बच्चे उससे दूरी बनाकर रखते, न जाने कौन-सा सवाल दाग़ दे ! अक्सर बड़े-बुजुर्गों का शिकार अतुल और चिंटू ही बनता। रात में खाना खाते वक़्त पहलवान जी और चिंटू में तय हो जाता है कि अगले दिन शिकार पर चलना है। चिंटू ने रविंद्र भईया के निशाने के बारे में सुन तो बहुत रखा था लेकिन साक्षात् अपनी आँखों से देखने का आनंद तो कल ही मिलनेवाला था। रातभर जैसे-तैसे उसने करवटें लेकर काटी और सुबह नहा-धोकर, नाश्ता कर शिकार पर जाने के लिए बिल्कुल रेडी। अबतक केवल क़िस्से-कहानियों में ही उसने शिकार के बारे में सुना था। पहलवान जी के साथ उनका ख़ास आदमी रामानुज भी साथ आया था। रामानुज ने पीठ के पीछ कुछ लटका रखा था लेकिन कुर्ता के अंदर होने के चलते चिंटू उसे देख नहीं पाया। उसने किसी को बोलते हुए सुना था, “पहलवान जी के पास एक बहुत ही सुंदर हथियार है। हल्का और ज़्यादा कारगर, शायद विदेशी भी। ” “चला जाए शिकार पर चिंटू बाबू। ” पहलवान जी ने पूछा। “हाँ-हाँ, चलिए भईया। ” चिंटू ने कहा। पहलवान जी हाथ में बंदूक़ लिए चल पड़ते हैं। चिंटू, पहलवान जी और रामानुज शिकार की तलाश में भटकते-भटकते तेजबिगहा से बढ़ौना पहुँच जाते हैं। ‘हारियल’ का शिकार करना बहुत मुश्किल होता है। वह बरगद के पेड़ पर काफी ऊँचाई पर बैठा रहता है। पत्ते के जैसा हरे रंग का होता है। अचूक निशानेबाज़ ही उसे गिरा सकता है। बढ़ौना से लौटते समय एक स्कूल के समीप बरगद के पेड़ पर पहलवान जी को कुछ आवाज़ सुनाई पड़ती है। वे चिंटू और रामानुज को शांत रहने का इशारा करते हैं लेकिन ऊँचाई काफ़ी होने की वज़ह से कुछ दिखाई नहीं पड़ता है। इस तरह वे लोग खाली हाथ घर लौट आते हैं।

गाँव के लड़के होलिकादहन की तैयारी कर रहे थे। अगजा के लिए चौराहे के पास सूखी लकड़ियों का ढेर लगा दिया जाता है। लड़कों का एक झुंड घर-घर जाकर गोइठा देने के लिए कविता पाठ कर रहा था। चिंटू भी साथ में था। "ये जजमानी तोरा सोने की केवारी दूगो गोइठा दे द, गोइठा न त दूगो पईसे दे द।" इस तरह से गाकर अगजा में डालने के लिए गोइठा माँगा जाता था। चिंटू को यह सब बड़ा अजीबोग़रीब लग रहा था। उसके लिए गाँव का हर रीति-रिवाज नया था। कुछ लोग 'लुकवारी' बनाने में जुटे थे। अगजा के बारे में तो उसने सुन रखा था लेकिन लोहे के पतले छड़ में कपड़ा लपेटकर लुकवारी को बनते देखना उसके लिए एकदम विस्मयकारी था। शाम ढलते ही अगजा में आग लगाने का समय हो जाता है। सबलोग माली को खोजने लगते हैं। "माली केने हथिन, लौकलो कहीं।" हर आदमी एक-दूसरे से यही पूछ रहा था। चौराहे पर गाँव के सभी लोग जुट गए थे। इस दिन गाँव के माली की इज़्ज़त देखते बनती है। मान्यता है कि अगजा में पहली आग माली ही देगा। बड़ी मशक़्क़त से गाँववाले माली को खोज़कर लाते हैं। माली फ़टाफ़ट आग लगाता है और अगजा की लकड़ियाँ धू-धूकर जलने लगती हैं। लुकवारी के कपड़ेवाले भाग यानी मोठा को मिट्टी के तेल में भिंगो लिया जाता है। गाँव के लड़कों के साथ ही चिंटू भी एक लुकवारी में आग लगाकर उनके साथ दौड़ने लगता है। गजब का विहंगम दृश्य था ये...रात के घनघोर अंधियारे के बीच आग का गोला एक अलग ही इफेक्ट दे रहा था। सभी दौड़ते-दौड़ते गाँव की सीमा से बाहर आ जाते हैं और लुकवारी को नचाकर दूर-बहुत-दूर फेंक देते हैं। "देखा चिंटू, सारी दुष्ट शक्तियों में आग लगाकर गाँव की सीमा रेखा से बहुत दूर फेंक दिया गया। अब हमलोगों का गाँव खुशहाल रहेगा।" विपिन दा ने चिंटू से कहा। चलो, अभी हमलोगों को एक काम और करना है। सभी अगजा के पास वापस लौट आते हैं। "रेड़ पहचानते हो चिंटू?" "नहीं भईया।" "कोई बात नहीं, आओ मेरे पीछे।" चिंटू भईया के पीछे चल देता है। थोड़ी दूर पर ही रेड़ की झाड़ी दिख जाती है। जितने भाई रहते हैं उतनी संख्या में रेड़ की कानी में पुआल-टहनी बाँधकर "होले रे-होले रे, रानीपुर की डोले रे" कहते हुए अगजा में डाल दिया जाता है। ऐसा सब भाइयों की रक्षा के लिए किया जाता है। चिंटू पटनावाले अगजा में केवल

'बड़ी' डालकर घर चला आता था। वह मन-ही-मन सोचता है, 'असली होली का मज़ा तो गाँव में ही है। ' अभी वहाँ से जाने के लिए वह सोच ही रहा था कि कुछ बुजुर्ग टाइप के लोग पहुँच जाते हैं। "चिंटू उधर, अकेले क्यों खड़े हो? इधर आओ और अगजा में गेहूँ और चने का होरहा पकाकर खाओ। " चाचा तपेश्वर शर्मा उससे बोलते हैं। "आज से ही हमलोग नयी फ़सल का अन्न खाना शुरू कर देते हैं। नीम की पत्ती खाए हो कभी? " रतन दा पूछते हैं। "सेंककर, खाओ, पेट की सारी बीमारी जड़ से ख़त्म हो जाएगी। " चाचा का अनुभव बोल रहा था। नीम का नाम सुनकर चिंटू थोड़ा कनमनाता है। "नहीं ! यह तो बहुत कड़वा होगा, मैं नहीं खाऊँगा। " कहकर वहाँ से भाग जाता है। घर पहुँचकर अपनी माँ से वह होली के नये अनुभवों को शेयर करता है।

होलिकादहन के अगले दिन होली की धमाचौकड़ी शुरू थी। "लगाओ-लगाओ, पकड़-पकड़...पटना से होली खेले अइलथिन हैं सब। एकरा तो कादो से नेटा के छोड़। " अतुल और चिंटू हाथ में चप्पल लेकर ऐसे भाग रहे हैं मानो किसी से रेस जीतने की बाज़ी लगी हो ! 'आज बच गए तो समझो जान बच गई !' दोनों का मन कुछ ऐसा ही कह रहा था। गाँव के लड़के दोनों को कीचड़-कादो लगाने के लिए पकड़ना चाह रहे थे। हाँफता हुआ चिंटू एक घर में घुस जाता है और अंदर से दरवाजा बंद कर लेता है। वह शंभू भईया का घर था, अक्सर खुला ही रहता। लड़के थोड़ी देर तक 'चिंटू निकलो, चिंटू निकलो' चिल्लाते हैं फिर वहाँ से दूसरे शिकार की तलाश में आगे बढ़ जाते हैं। वे लोग शहर से आए बच्चों की खोज में ही थे। इसी बीच चिंटू के चचेरे भईया भिखारी होली खेलते वहाँ पहुँच जाते हैं। पूरा गाँव उन्हें भिखारी क्यों बुलाता है? जबकि सुजीत, इतना अच्छा नाम है उनका। कई बार अतुल इसका पता लगाने की कोशिश करता है पर नाकाम रहता है। अपने भिखारी भईया के संरक्षण में दोनों भाई बिना नेटे हुए घर पहुँचते हैं। दोनों का चेहरा देखते बन रहा था, मानो किला फतह करके आए हों। "बड़ी विचिल होली है चाचा गाँव की, आज तो जान पर बन आई थी। " चिंटू अपने मँझले चाचा रतन दा से कहता है। "हाँ, बाबू यहाँ शहर की तरह होली नहीं खेली जाती है; सुबह में कादो-कीचड़ और शाम में रंग, यही यहाँ की प्रथा है जबकि पटना में चिंटू-अतुल सुबह में रंग और शाम में

अबीर से होली खेलते आए थे। इधर, दादी गुस्से में भुनभुना रही थीं। "सुबह से केवल फोकला-दूध खाकर घूम रहा है, शाम होने को आई है, पता नहीं खाना कब खाएगा?" चूहे तो चिंटू के पेट में भी कूद रहे थे। उसने खाना लगाने के लिए गुड़िया दी को आवाज़ लगाई। मटन बना है, ऐसा सुनकर ही उसके मुँह में पानी आ रहा था। गाँव के मटन का टेस्ट ही कुछ और होता है, बिल्कुल पनीर की तरह पोला-पोला लगता है खाने में। अंडा, चिकेन खानेवाले भी होली में मटन बड़े चाव से खाते हैं। उसमें भी गाँव का खस्सी मिल जाए तो क्या कहना! चिंटू पूरा मौज़ ले रहा था। दिन की होली ढलान पर थी। शाम में रंग से सराबोर करने की तैयारी में सब जुटे थे। अतुल, दादी के पास बैठकर उनसे कहानियाँ सुन रहा था। सुबह के सीन को यादकर वह दहशत में आ जाता। शाम में वह घर में ही पैक हो जाता है। बाहर निकलने का मतलब था, 'आ बैल मुझे मार।' पिनकाहा होने के चलते चचेरे भाई-बहन उसे ज़्यादा तंग किया करते थे। जब अतुल शाम में बाहर नहीं निकला तो चचेरी बहन मधु किसी काम के बहाने से घर का दरवाज़ा खुलवा लेती है और अंदर चली आती है। वह बिना किसी से कुछ बोले दबे पाँव अतुल के पीछे से उसके गाल को गुलाबी रंग से पोत देती है। मधु दी की इस हरकत से अतुल का पारा सातवें आसमान पर चढ़ जाता है। घर में कैद रहने का कोई फ़ायदा नहीं हुआ था। उसका सुरक्षा घेरा टूट चुका था। नहा-धोकर, साफ-सुथरा होकर बैठना बेकार हो गया था। वह एकदम से चिल्ला पड़ता है, "अब यहाँ रंग की होली नहीं बल्कि खून की होली होगी।" आओ! खेलो, किसको खेलना है होली? गुस्से में आगबबूला होकर वह गाली देना भी शुरू कर देता है। हाथ में बड़ा-सा ढेला उठा लेता है और बाहर में होली खेल रहे सबलोगों को दौड़ाना शुरू कर देता है। गुस्से से वह पागल हो उठा था। सिर पर खून सवार हो गया था। मधु को तो भक्क मार दिया था। उसने सपने में भी नहीं सोचा था कि ऐसा सीन क्रियेट हो जाएगा। वह भागकर एक कमरे में बंद हो जाती है। अतुल का रौद्र रूप देखकर कोई उसके सामने नहीं आता है। जिसे जहाँ जगह मिलती है, वहाँ छुप जाता है। अतुल पहलवान जी को बहुत मानता था। केवल वही हिम्मत करके बाहर निकलते हैं और बड़ी मुश्किल से उसे मनाकर गाँव से दूर बगीचे में ले जाते हैं, जहाँ उनके खाने-पीने का स्पेशल प्रोग्राम चल रहा होता है।

दालान पर फगुआ गीत गानेवालों ने महफ़िल जमा रखी थी। "सदा आनंद रहे यही द्वारे मोहन खेले होली हो, एक मन खेले कुंवर कन्हैया दू बेर राधा गोरी हो".......... पर लोग झूम रहे थे। गाने के बोल के अलावे झूमने का दूसरा कारण भी था। ठंडई और भाँग का रस अपना असर दिखा रहा था। बीड़ी, सिगरेट व गाँजे के धुएँ ने वातारण को काबुल के इत्र से भी ज़्यादा महका रखा था। पवन दा, रिंकू, मुकेश, राजू, हीरा और न जाने कितने चाचा-दादा मदहोशी के आलम में झूम रहे थे। थोड़ी देर में नशा सर चढ़कर बोलने लगता है। सिर घुमा-घुमाकर लोग ढोलक, झाल, मृदंग की थाप पर नाचना शुरू कर देते हैं। किसी को किसी का भान नहीं रहता है। कौन चाचा, क्या भतीजा...सब नाचकर गर्दा उड़ा देते हैं। धोती खुली जा रही है पर कोई परवाह नहीं, लँगोट तो है न ! पूरा माहौल नाच-गाने व खुशी-आनंद से सराबोर हो जाता है। चिलम से गाँजा पीनेवालों ने अपना अलग सर्किल बना रखा था। गोलाकार मुद्रा में थोड़ी-थोड़ी दूर पर सभी विराजमान थे और अपनी बारी का इंतज़ार करते। ऐसा अनुशासन तो किसी ने स्कूल में भी नहीं रखा होगा। कोई एक वैसा वीर पुरुष चिलम में आग लगाता था जिसे अपने फेफड़े पर विजय प्राप्त होती। शायद इसी को देखते हुए किसी ने कहा होगा- "जाने ली चिलम, जिनपर चढ़ेली अंगारी। " तात्पर्य हुआ कि कोई बहुत कष्ट झेलकर पैसे कमाता है और कोई बिना कुछ किए उसे पैसे का सुख भोगता है। चिलम में आग लगाने का सौभाग्य भी हर किसी को नहीं मिलता था लेकिन पवन दा सौभाग्यशाली ठहरे। रिंकू चिलम में गाँजा भरकर ऊपर से आग दिखाता है और नीचे से मुँह लगाकर पवन दा इतनी ज़ोर से खींचते हैं कि आग के गोले से चिलम लहलहा उठती है...और इसी के साथ वहाँ बैठे सभी लोग बोल पड़ते हैं, "वाह ! पवन, वाह ! तूने तो आज कमाल कर दिया। " पवन दा भी गद्गद्। सोचा, चलो पढ़ाई-लिखाई में कोई नाम न कर सके तो क्या हुआ ! यहाँ तो जयकारा लग रहा है। इस तरह लोगों को खुलेआम चिलम से गाँजा पीते हुए चिंटू पहली बार देख रहा था। अभी तक उसने केवल 'दम-मारो-दम' गाने में ही इस तरह का सीन देखा था। यह सब उसे विचित्र तो लग रहा था लेकिन एक अलग तरह का फील दे रहा था। होली के बाद अब अगले दिन 'बुढ़वा मंगल' की बारी थी। होली के कल होकर जिस दिन भी मंगलवार पड़ता,

उस दिन उसका आयोजन होता। चैता गाकर लोग होली का समापन करते।

गया में भी बाहुबली विधायक सुरेश यादव के यहाँ होली की महफ़िल सजी हुई थी। दबंग विधायक होने के कारण बाहर से भी लोग मिलने आ रहे थे। ख़ास लोगों के लिए ख़ास इंतज़ाम था। लोग छककर मदिरा का सेवन करते। बात जब रंगों व खान-पान के त्योहार होली की हो तो फिर क्या कहने ! इस दिन तो नशा करने का सभी को लाइसेंस मिल जाता था। यादव जी के ड्राइंग रूम में मटन और शराब का कॉकटेल अलग ही उन्माद पैदा कर रहा था। शहंशाह और मामा अबरार भी पहुँचे हुए थे। "अब नया प्लान बनाना होगा। ये वाला प्लान तो फेल ही कर गया। " शहंशाह ने अपने मामा से कहा। "अरे, बन जाई प्लनवा-सलनवा, अभी त सुरेश बाबू की मेहमाननवाज़ी के मौज़ ले ले बबुआ। " मामू अबरार ने मज़ाकिए लहजे में कहा। शहंशाह धीरे से मामू से कहता है, "मामू एगो बात पूछें, सुरेश अंकल पहलवान जी से डरते हैं का...भईया-भईया बोलते हैं उनको। कई लोग तो कहते हैं कि प्रणाम-पाती भी करते हैं। " "अरे ! चुप मरवाएगा का ? कौन किसको क्या बोलता है ? किससे डरता है ? यह सब बाद में डिस्कस कर लेना, अभी तो मटन का मौज़ लो, एकदम ऑरिजनल माल बुझा रहा है। " मामू अबरार ने शहंशाह से कहा। वह फालतू गपशप के मूड में नहीं था। होली का रस ले रहा था। सुरेश यादव के यहाँ देर रात तक पार्टी चलती है। गाने-बजाने का भी इंतज़ाम था। "मामू, सुरेश अंकल ने तो एक नंबर पार्टी दी है। चलिए थोड़ा गाना सुनते हैं। " शहंशाह अपने मामू से कहता है। फिर दोनों मामा-भगिना गाना-बजाना जिधर हो रहा था, उधर चल देते हैं। दोनों घंटाभर संगीत का आनंद उठाते हैं फिर सुरेश यादव से दुआ-सलाम कर विदा लेते हैं।

साधु को जेल भेजने पर बवाल

होली के अगले दिन पहलवान जी गाँव से गया आ जाते हैं। थकान तो रहता ही है। ज्याद ठंडई गटक गए तो एक-दो दिन और शरीर चरमराता है। शाम में चबूतरे पर मजलिस जमती है। चाय-चुक्का का दौर चलता है और सभी एक-दूसरे से कुशलक्षेम पूछते हैं। बाहर से कम लोग आए थे। ज़्यादातर कॉलोनी के लोग ही जमा हुए थे। "एक नया मजिस्ट्रेट आया है भईया, किसी का भी फाइन काट देता है। साधु-संतों को भी नहीं बख़्शता है। " किसी ने पहलवान जी की ओर मुख़ातिब होकर कहा। "क़ायदे-कानून का पालन तो हर किसी को करना चाहिए; चाहे वे साधु-संत हों या फिर कोई और। कोई इमरजेंसी हो तो अलग बात है। " पहलवान जी ने कहा।

गया जंक्शन पर हर रोज़ की तरह आज भी 'चाय गरम, चाय गरम, गरम चाय ले लो...साथ में गरमा-गर्म समोसे भी खाओ' की आवाज़ गूँज रही थी। हाँ, स्टेशन का नज़ारा अन्य दिनों की अपेक्षा थोड़ा बदला-बदला सा जरूर था। "आज तो लगता है मजिस्ट्रेट चेकिंग चल रहा है। " चायवाले ने समोसेवाले से कहा। प्लेटफ़ॉर्म पर टाइट व्यवस्था को देखकर यह समझना मुश्किल नहीं था कि यहाँ कोई-न-कोई बात तो ज़रूर है। अतिरिक्त पुलिस फोर्स की मौजूदगी अहसास दिला रही थी; मजिस्ट्रेट चेकिंग या फिर कोई वीआईपी मूवमेंट की। चायवाले ने कहा- "न भैवा, ई जे नईका मजिस्ट्रेट साहब अईलथिन हैं न, हुये चेकिंगवा करवा रहलथिन हैं। सुने में आ रहल हई कि बड़ा टाइट हथिन। " समोसावाला भी चायवाले की हाँ-में-हाँ मिलाकर आगे बढ़ जाता है। अभी वह मुश्किल से दस-पाँच कदम ही आगे गया था कि प्लेटफ़ॉर्म नंबर दो से हँगामे की आवाज़ आने लगती है। समोसेवाले से रहा नहीं जाता है। वह 'समोसा ले लो, समोसा ले लो' करते हुए प्लेटफ़ॉर्म नंबर दो पहुँच जाता है। भीड़ जुटने लगती है। एक ऑफ़िसर टाइप आदमी एक साधु से बोल रहा था, "मैं फ़ाइन नहीं लूँगा, हर हाल में आपको जेल भेजूँगा। तमाशा बना रखा है। टीका-चंदन

लगाकर, पीला कपड़ा पहनकर सब अपने आपको साधु-संत ही बताने लगते हैं। बहस करता है। रेलवे को बाप की संपत्ति समझ रखा है। ” मजिस्ट्रेट साहब का गुस्सा सातवें आसमान पर था। “आप ग़लत समझ रहे हैं। “मैं बहुत ज़रूरी काम से हावड़ा जा रहा हूँ। रिजर्वेशन नहीं मिला, इसलिए मजबूरी में जेनरल टिकट लेना पड़ा। मैं नियमानुसार जो भी फ़ाइन होगा, देने के लिए तैयार हूँ। ” साधु ने शांत स्वर में कहा। “नहीं, मैं फ़ाइन नहीं लूँगा, मैं जेल भेजूँगा आपको। ” मजिस्ट्रेट ने कहा। दोनों के बीच बहस होने लगती है। गया जंक्शन पर एक चिड़िया भी चूं करती तो उसकी आवाज़ पहलवान जी तक पहुँच जाती थी। यहाँ तो पूरा डीजे ही बज रहा था। थोड़ी देर में पहलवान जी भी वहाँ पहुँच जाते हैं। “भईया, काफी देर से यह सब चल रहा है। नये वाले मजिस्ट्रेट साहब किसी की बात ही नहीं सुनते हैं और न ही किसी की मजबूरी समझते हैं। एक बार आप बोलकर देखिए न। ” साधु के समर्थन में खड़े एक शख़्स ने पहलवान जी से आग्रह किया। “क्या मामला है सर? मैं रविंद्र कुमार, यहाँ पर टीटीई हूँ। ” मजिस्ट्रेट आर प्रसाद से मुख़ातिब होते हुए उन्होंने कहा। “तुम अपना काम करो, टीटी हो टीटी ही रहो, जज बनने की कोशिश मत करो। फ़ाइन काटना और जेल भेजना मेरा काम है। ” मजिस्ट्रेट आर प्रसाद ने ऊँचे स्वर में अफ़सर की गर्मीवाले अंदाज़ में कहा। “ठीक है, लेकिन मैं महात्मा का फ़ाइन देने के लिए तैयार हूँ। साधु-महात्मा का सम्मान करना चाहिए। ” टीटीई रविंद्र ने बोला। “कितने का फ़ाइन दोगे, बेकार की बात है यह सब, तुम मुझे नहीं जानते हो। ” मजिस्ट्रेट का इतना कहना था कि भीड़ में से आवाज़ आती है; “मजिस्ट्रेट साहब ! शायद आपको भी नहीं बता कि आप किससे बात कर रहे हैं ! ये गया वाले ‘पहलवान जी’ हैं ! हॉट टॉक होने लगता है। मामला बिगड़ते देख रेलवे के बड़े अफ़सर बीच-बचाव करने पहुँच जाते हैं। बीच का रास्ता निकाला जाता है और महात्मा से फ़ाइन लेकर उन्हें छोड़ दिया जाता है। इस घटना से मजिस्ट्रेट प्रसाद इतना तिलमिलाए कि उन्होंने जोन के बड़े अफ़सरों से पहलवान जी के ख़िलाफ़ शिकायत कर दी। कई बड़े अफ़सरों की आँख की किरकिरी पहलवान जी पहले से ही बने हुए थे। उनका बढ़ता कद व रुतबा ही उनका दुश्मन बन गया था। इस कांड के कुछ ही दिन बाद हावड़ा से जाँच के लिए चीफ कॉमर्शियल सुपरिटेंडेंट

गया स्टेशन पहुँचते हैं लेकिन उन्हें रेलकर्मियों के भारी विरोध का सामना करना पड़ता है। वे 'सैलून' से नीचे नहीं उतर पाए और बिना जाँच किए ही उन्हें बैरंग वापस लौटना पड़ा। रेलवे के बड़े अधिकारियों के लिए अँगरेज़ों के टाइम से ही सैलून पर सैर का प्रचलन है। इसके कोच खास तरह के बने होते हैं। इसमें ड्राइंग रूम, दो बेडरूम अटैच बाथरूम के साथ, डाइनिंग और किचन की व्यवस्था रहती है। रेल लाइन पर यह चलते-फिरते लग्जरी होटल की तरह दिखता है।

पहलवान जी अपने ख़ास मित्रों के साथ वैष्णव देवी की यात्रा पर थे। जेल से बाहर आने के बाद ही माँ के दर्शन का प्लान बन गया था लेकिन होली व अन्य कारणों से प्रोग्राम टलता गया। आज यात्रा का जतरा बना था। "रविंद्र, अब वक़्त आ गया है, डायरेक्ट पॉलिटिक्स में उतरने का। " डॉक्टर साहब ने सीरियस भाव में कहा। "हाँ, अब लोग तुम्हें बहुत चाहने लगे हैं और विधायक के रूप में देखना चाहते हैं। " शर्मा जी ने भी डॉक्टर साहब की हाँ में हाँ मिलाई। दोनों की बातों पर आश्चर्य व्यक्त करते हुए रविंद्र ने कहा- "अरे, आप लोग तो बस ऐसे ही, इतना आसान भी नहीं है एमपी-एमएलए बनना। मेरा नेचर तो आपलोग जानते ही हैं। नेता बनने के लिए सबसे पहले अभिनेता बनना पड़ता है। नहीं होनेवाले काम को भी, हो जाएगा, बोलना पड़ता है। झूठ-फ़रेब की दुनिया है वह सब। मैं एक दिन भी नहीं टिक पाऊँगा। " रविंद्र की इन बातों से वहाँ शांति छा जाती है। पानी पीने के बाद वह फिर बोलता है, "रही बात, लोगों की सेवा करने की तो वो आप बिना एमएलए-एमपी बने भी कर सकते हैं। माँ के आशीर्वाद से मेरे पास सबकुछ है। लोगों का स्नेह यूं ही बना रहे और मुझे कुछ नहीं चाहिए। " डॉक्टर साहब भी हार माननेवाले नहीं थे। उन्होंने जिरह जारी रखी। कहा- "पिछले विधानसभा चुनाव को ही देख लीजिए। राम सिन्हा से लोग नाराज़ थे लेकिन आपके कहने पर ही मखदुमपुर समेत कई गाँवों के ग्रामीण माने और तब जाकर सिन्हा की सीट पक्की हुई। देखा जाए तो उन्हें विधानसभा की दहलीज़ तक पहुँचाने में आपका बड़ा हाथ है। " रविंद्र ने बीच में ही डॉक्टर साहब को टोकते हुए कहा- "ऐसी बात नहीं है, डॉक्टर साहब। राम सिन्हा खुद कद्दावर पॉलिटिशियन हैं। सब लोगों को खुश करना संभव नहीं है। नेता से थोड़ी-बहुत नाराज़गी तो हर किसी को रहती है। " अरे, आपलोग

छोड़िए राजनीति की बातें, इस बार शर्मा जी टॉपिक चेंज करने के मूड में थे। कहा- "जय माता दी बोलिए, जय माता दी। फिर तो लौटकर वही गरम चाय, गरम चाय, समोसा ले लो कान में घुलेगा ही।" "अच्छा ठीक है शर्मा जी, आप कहते हैं तो टॉपिक चेंज कर देते हैं।" डॉक्टर साहब ने कहा। "अच्छा आप ई बताइए, आप जो मकान पर मकान खड़ा किए जा रहे हैं, उसका कोई अंत होगा कि नहीं? आपको तो एक्के बेटा है फिरो काहे एतना तल्ला पर तल्ला पीटे जा रहे हैं? थोड़ा संतोष भी कर लीजिए शर्मा जी। 'संतोषम् परम् सुखम्, न सुने हैं का' !" डॉक्टर साहब ने शर्मा जी पर गोला दाग दिया था। शर्मा जी कनमनाए। उनको कोई मिसाइल टाइप का जवाब नहीं सूझ रहा था। अभी वे कुछ बोलते उसके पहले ही पहलवान जी ने उनका काम आसान कर दिया। कहा- "संतोषम् परम् सुखम् तो ठीक है डॉक्टर साहब लेकिन 'संतोष विकास में बाधक है', इसका भी ध्यान रखिएगा। अगर विज्ञान में 'संतोष' नाम का प्राणी घुस गया न ! तो फिर एक्को नया आविष्कार और नयी टेक्नोलॉजी देखने को नहीं मिलेगी। " इसपर डॉक्टर साहब कुछ बोलते उसके पहले ही शर्मा जी ने मोर्चा सँभाल लिया। वे बात बदलकर 'जय माता दी बोलिए जनाब, जय माता दी बोलिए', कहने लगे। माँ के दरबार में जा रहे हैं, ये सब बात छोड़िए भक्ति की बात करिए। भक्ति में ही शक्ति है। वो जानते थे कि अगर बात का रूख नहीं मोड़ेंगे तो फिर डॉक्टर साहब पैसे-कौड़ी पर आ जाएँगे और बखिया उधेड़कर रख देंगे। मकान बनाने में कितना लागत आया? बालू किसके यहाँ से लिए? गिट्टी कहाँ से मँगवाए? पाई-पाई का हिसाब करने लगेंगे। शर्मा जी, गया जंक्शन पर ही टिकट चेकिंग का काम करते थे। नौकरी तो वे शौकिया करते थे। उनका साइड बिजनेस बहुत अच्छा चलता। दो ईंट भट्टे और सीमेंट का कारोबार था उनका। इस तरह बातचीत करते सभी लोग जम्मू पहुँच जाते हैं। वहाँ से कटरा और फिर माँ वैष्णव देवी का दर्शन कर सभी हँसी-खुशी गया लौट आते हैं।

जब कार के अंदर से चलने लगी गोलियाँ

"मोनी...सब जगह अच्छे से माँ वैष्णो देवी का प्रसाद भिजवा देना।" पहलवान जी बेटी से कहते हैं। "जी पापा। पापा, पटना से फोन आया था, योगेंद्र बाबा का। गृहप्रवेश में आने का निमंत्रण दिए हैं हमलोगों को...और हाँ, एक फोन और आया था बिक्रम से किसी ठीकेदार अंकल का। आप पता कर लीजिएगा। मुझे नाम नहीं याद आ रहा है ठीक से।" मोनी ने कहा। "ठीक है, मैं चला जाऊँगा। तुमलोग पढ़ाई पर ध्यान दो। तुम्हारा एक्जाम भी नजदीक है।" रविंद्र ने कहा। मोनी चांस ले रही थी कि कहीं पापा बोल दें साथ में चलने के लिए और उसे बाहर जाने का एक मौक़ा मिल जाए लेकिन दाल गलते न देख, वह वहाँ से चली गई। "रामानुज, शंकर को बोल देना मंगलवार को पटना चलना है, तैयार रहेगा।" पहलवान जी ने कहा। "जी भईया, बोल देंगे।" पहलवान जी गया से बाहर शंकर के साथ ही जाते थे। शंकर न सिर्फ उनका ड्राइवर था बल्कि जरूरत पड़ने पर किसी भी अप्रिय स्थिति से निपटने में सब तरह से सक्षम था। मंगलवार को पहलवान जी, नियत समय पर अपने ख़ास आदमियों को लेकर राजधानी पटना के लिए निकल पड़ते हैं। वे गया से सीधे पटना न जाकर बिक्रम चले जाते हैं। वहाँ भी उन्हें किसी के यहाँ गृहप्रवेश का न्योता करना था। व्यवहार कुशल और मृदुभाषी होने के कारण लोग उनसे जुड़ते जा रहे थे। बड़ी संख्या में उनके समर्थकों की फ़ौज तैयार हो जाती है। शादी-विवाह हो या फिर मरनी-जीनी, जिस भी गाँव में चले जाते लोग उन्हें देखने के लिए घेर लेते। कार्यक्रम कोई भी हो आकर्षण के केंद्र बिंदु वही रहते। रास्ते में शंकर रामानुज को शेखपुरा (मुंगेर) के एक विवाह समारोह का क़िस्सा सुना रहा था। शंकर कहता है, "जानते हैं रामानुज भईया, शेखपुरा में भव्य आयोजन किया गया था। विवाह समारोह में नाच-गाने का भी बंदोबस्त था। बाहर से कोई बड़ा कलाकार आया हुआ था। लोग मस्ती में झूम रहे थे। सबकुछ नॉर्मल चल रहा था तभी हमलोगों के वहाँ पहुँचते ही कुछ लोग उठकर भागने लगते हैं...सब

भईया की ओर भागे चले आ रहे थे। हमलोग भी कुछ समझ नहीं पाते हैं। तभी एक बुजुर्ग कहते हैं, "लगता है जहानाबाद वाला हरेन्द्र पहलवान आ गया।" मंच से भी एनाउंसमेंट होने लगता है कि आप लोग भागिए नहीं। पहलवान जी इधर ही मंच की ओर आ रहे हैं। गाना गाये वाला भी समझ गया था कि कौनो वीआईपी टाइप का आदमी आ गया है, इसीलिए लोग उसका कार्यक्रम छोड़कर उधर भागे जा रहे हैं। मगध के बाहर भी अपने भईया को लोग इतना चाहते हैं, यह हमलोगों को भी उस दिन ही पता चलता है।" कहानी सुनते-सुनते सभी बिक्रम पहुँच जाते हैं और वहाँ से न्योता-पुरानी कर पहलवान जी की गाड़ी पटना के लिए चल पड़ती है। रात हो चुकी थी। अभी गाड़ी रफ्तार पकड़ी ही थी कि शंकर ज़ोर से ब्रेक मार देता है; सभी कार के अंदर आपस में टकराते-टकराते बचते हैं। "क्या हुआ शंकर?" इतना ज़ोर से कहीं ब्रेक मारा जाता है। पहलवान जी ने पूछा। "लगता है भईया, गाड़ी के नीचे कोई जानवर आ गया है।" शंकर ने कहा। अंधेरा होने के कारण शंकर ठीक से देख नहीं पाया और चापा पड़ गया था। किसी ने हल्ला कर दिया, "पकड़ो-पकड़ो गाड़ीवाला जान मारकर भाग रहा है।" देखते-ही-देखते सौ-दो सौ लोग गाड़ी को चारों ओर से घेर लेते हैं। मारो-मारो की आवाज़ दूर तक गूँजने लगती है। "भईया क्या किया जाए?" शंकर पहलवान जी से पूछता है। "गाड़ी निकालने की कोशिश करेंगे तो ये लोग ईंट-पत्थर से कूचकर रख देंगे...और बाहर उतरकर इनलोगों को समझाना सीधे-सीधे मौत को दावत देना होगा। कोई नहीं सुनेगा हमलोगों की बात।" शंकर ने क्या किया जाए पूछने के साथ ही अपने मन की बात भी बता दी। गाड़ी में बैठे लोग भी इस मंज़र को देखकर डर गए थे। सबकी बोलती बंद थी। शंकर और पहलवान जी दो लोग ही विकल्प पर विचार कर रहे थे। सोचने का वक़्त बहुत कम था क्योंकि भीड़ गाड़ी के नजदीक आ चुकी थी। "शंकर अब एक ही रास्ता बचा है नहीं तो हमसब मारे जाएँगे। तुम होशियारी से काम लेना। मैं गाड़ी के अंदर से ही गोली चलाता हूँ। राइफल है दूर तक मार करेगा। तुम जितनी तेज़ी से हो सके गाड़ी को भगाने की कोशिश करना। नर्वस नहीं होना।" पहलवान जी ने कहा। वे गाड़ी में बैठे अन्य लोगों को चुपचाप सिर नीचे कर बैठ जाने के लिए कहते हैं। पहलवान जी का यह आइडिया काम कर गया

था। अचानक गाड़ी के अंदर से गोली चलने लगेगी। यह सपने में भी किसी ने नहीं सोचा था। "धायँ-धायँ-धायँ-धायँ...गड़गड़ा जाता है पूरा इलाका। भगदड़ मच जाती है। जो लोग गाड़ी घेरने आगे बढ़ रहे थे, वे अब अपनी जान बचाने के लिए भागना शुरू कर देते हैं। पहलवान जी एक-के-बाद-एक दस-बारह राउंड फ़ायरिंग कर देते हैं। पूरी भीड़ तितर-बितर हो जाती है। इधर, शंकर एक्सीलेटर पर अपना सारा वज़न डाल एंबेसडर कार को हवाई जहाज बना देता है। पहलवान जी चारों तरफ से फ़ायरिंग कर रहे थे। गाँववालों को लगा कि गाड़ी में पार्टी, एमसीसी या फिर रणवीर सेना के लोग होंगे क्योंकि उस वक़्त रात में हथियार लेकर इन्हीं संगठनों के लोग चलते थे। गोली की आवाज़ से अब पूरा गाँव जाग जाता है। बिक्रम के सबसे बड़े ठीकेदार राजदेव सिंह भी हरकत में आ गए थे। राजदेव सिंह ने अपने आदमियों से कहा- "देखो, कौन ताबड़तोड़ फ़ायरिंग कर रहा है। " इतना बोलकर वे खुद भी सड़क पर आ जाते हैं। गाड़ी का शीशा चकनाचूर हो गया था। शंकर बोला- "भईया ई त गजबे हो गया था। आप दिमाग़ नहीं लगाते तो हम सब आज मारे जाते। " अभी वह अपनी बात पूरी भी नहीं कर पाया था कि उसकी नज़र गाड़ी रुकवा रहे राजदेव सिंह पर पड़ती है। "भईया, कोई गाड़ी रुकवाने की कोशिश कर रहा है, रोकें या चापते चलें? " वह पहलवान जी से पूछता है। "नहीं रोको, अब कोई ख़तरा नहीं है। " पहलवान जी ने कहा। राजदेव सिंह ने दूर से ही पहलवान जी को पहचान लिया था। निजी काम के सिलसिले में रविंद्र पहलवान से गया में वे कई बार मिल चुके थे। गाड़ी रुकते ही उन्होंने कहा- "अरे ! भईया आप, क्या बवाल हो गया? कार का शीशा भी चकनाचूर है। चलिए मेरे यहाँ रातभर रुक जाइएगा फिर सुबह हम अपनी गाड़ी से पटना पहुँचा देंगे। " पहलवान जी नहीं मानते हैं और राजदेव सिंह का धन्यवाद करते हुए वहाँ से चल देते हैं। दो घंटा में वे लोग पटना योगेंद्र शर्मा के घर पहुँच जाते हैं। रात में तो किसी को कुछ पता नहीं चलता है लेकिन सुबह जब लोगों ने कार का हाल देखा तो सवालों की झड़ी लगा दी। फिर रविंद्र ने फंक्शन में आए लोगों को पूरी घटना विस्तार से बताई। कार को बनने के लिए गैराज में भेज दिया जाता है।

इधर, चिंटू के मामू को पता चलता है कि उसके यहाँ पहलवान जी आए

हुए हैं तो वे भी मिलने चले आते हैं। चौधरी टोला से सटे हुए मुहल्ले टेकारी रोड में ही चिंटू के मामू ओमप्रकाश पाण्डेय अपना मकान बनाकर रहते। हमउम्र होने के कारण पहलवान जी और उनमें खूब पटती। मामू बोलते हैं, "चलिए पहलवान जी आपको अपना मकान दिखाकर लाते हैं। उधर, गंगा मईया का भी दर्शन हो जाएगा। " घाट किनारे वाले रास्ते से ही वे पहलवान जी को अपने घर लेकर जाते हैं। "वाह ! घर तो बहुत झकास बनाए हैं मामू। बड़े-बड़े कमरे और ड्राइंगरूम को बिल्कुल सजाकर रखा है। " पहलवान जी ने कहा। चिंटू के मामू बहुत शौकीन मिज़ाज थे। हर चीज स्टैंडर्ड का इस्तेमाल करते थे। "आप मेरे यहाँ फर्स्ट बार आए हैं। आपको मेरे यहाँ जूठन गिराकर ही जाना होगा। " मामू ने पहलवान जी से कहा। वे पहलवान जी को अपने यहाँ खाना खिलाना चाहते थे। "नहीं देर हो जाएगी फिर कभी, वहाँ फंक्शन में सबलोग खोज रहे होंगे। " पहलवान जी ने कहा। "अरे, कुछ देर नहीं होगी। आधा घंटा में सब हो जाएगा। " मामू ने कहा। इस तरह चिंटू के मामू उन्हें खाने के लिए राज़ी कर लेते हैं। एक घंटा के अंदर तरह-तरह का पकवान पहलवान जी के सामने होता है। अच्छी तरह दोनों लोग पेट-पूजा कर वहाँ से फंक्शन वाली जगह पर लौट आते हैं।

उस वक़्त भारत में नया-नया पेजर आया था। इस पर मैसेज के जरिए बात होती थी। पहलवान जी के पास भी पेजर की सुविधा थी। उसपर मैसेज पढ़ते ही उनका माथा ठनका। लिखा था, "भईया जल्दी गया आ जाइए, यहाँ रेलवे के सीनियर ऑफ़िसर जाँच के लिए आए हुए हैं। कई लोगों से पूछताछ हो चुकी है। आपको खोजा जा रहा है। " आनन-फ़ानन में गैराज से गाड़ी मँगवाई जाती है और सभी गृहप्रवेश का भोज-भात खाकर रात में ही गया के लिए रवाना हो जाते हैं। सुबह गया जंक्शन का नज़ारा बदला-बदला-सा था। चाय गरम, चाय गरम की आवाज़ तो गूँज रही थी लेकिन एक अजीब-सी शांति भी छाई हुई थी। रेलवे स्टाफ के चेहरे तनाव से काले पड़ गए थे। पसीना भी टप-टप चू रहा था। "अच्छा बताइए, उस दिन क्या हुआ था? मजिस्ट्रेट आर प्रसाद और टीटीई रविंद्र कुमार किस मामले को लेकर उलझ पड़े थे? " बंद कमरे में सुनवाई चल रही थी। एक स्टाफ के निकलने के बाद दूसरे स्टाफ से पूछा जाता है। "आप बताइए, कैंटीन में सांसद राकेश कुमार के साथ क्या हुआ था? क्या सही में

टीटीई रविंद्र ने सांसद को धक्के देकर गया स्टेशन से बाहर कर दिया था। पूरा मामला क्या था? विस्तार से बताइए।" रेलवे स्टाफ के चेहरे पर तनाव देखकर अधिकारी बोलते हैं, "डरिए नहीं, आपको कुछ नहीं होगा। जो भी देखे-सुने, जानते हैं, सब सच-सच बताइए।" इसी तरह के सवाल गया जंक्शन पर तैनात रेलवे के अन्य स्टाफ से भी पूछे जाते हैं। सांसद के साथ धक्का-मुक्की को लेकर टीटीई रविंद्र से भी सवाल पूछे गए। मामला तूल पकड़ते जा रहा था। इन्क्वायरी की बातें छन-छनकर बाहर आ रही थीं। सांसद वाला मामला हर कोई जानना चाहता था। रात की घटना थी, इसलिए कम लोग ही चश्मदीद थे। "अच्छा डॉक्टर साहब एक बात बताइए, आप तो एमपी कांड वाले दिन पहलवान जी के साथ ही थे, आख़िर हुआ क्या था?" शर्मा जी ने कहा। "अरे, छोड़िए शर्मा जी, ये सब पुरानी बात हो गई; जो बीत गई सो बात गई...यह सब तो पहलवान के साथ लगा ही रहता है।" डॉक्टर साहब ने टालने के ख़्याल से कहा। लेकिन जब शर्मा जी ज़िद्दिया गए तो उन्हें बताना ही पड़ा। "रविंद्र अपने किसी रिश्तेदार को छोड़ने गया जंक्शन जा रहा था तो हम भी साथ हो लिए। लौटते वक़्त हमलोगों ने देखा कि कैंटीन से जोर-जोर से बोलने की आवाज़ आ रही है। रविंद्र ने कलाई में बंधी घड़ी देखी और मुझसे कहा- "रात के दस बज रहे हैं, अबतक तो कैंटीन बंद हो जानी चाहिए थी।" मैंने भी हाँ में गर्दन हिलाया। फिर हमलोग कैंटीन की ओर चल पड़े। कैंटीन के अंदर गए तो देखा, वहाँ पर एमपी राकेश कुमार कुछ लोगों के साथ बैठकर मदिरा का सेवन कर रहे थे। पहलवान जी को देखकर कैंटीनवाले भी आ गए और शिकायत करने लगे। "एमपी साहब अक्सर यहाँ पर शराब पीते हैं। जब हमलोग कहते हैं कि कैंटीन में शराब पीना मना है तो धौंस दिखाने लगते हैं।" कैंटीन के मैनेजर ने कहा। अबतक एमपी साहब तीन-चार पैग हलक के नीचे उतार चुके थे। उसका असर दिखने लगा था। "कौन हो तुमलोग? मुझे नहीं पहचानते। मैं इस शहर का एमपी हूँ, एमपी...मेंबर ऑफ पार्लियामेंट।" उन्होंने तैश में आकर कहा। रविंद्र ने काफी धैर्य रखा और पहले सरल तरीके से ही एमपी साहब को समझाना चाहा। लेकिन सत्ता और शराब यानी नशा का डबल डोज उनके सिर चढ़कर बोल रहा था। इसी पर बात बढ़ गई। पहलवान और एमपी साहब में हॉट टॉक होने लगा। फिर क्या था, रविंद्र ने

बल प्रयोग कर उन्हें स्टेशन से बाहर कर दिया। उन्होंने देख लेने की धमकी भी दी। इसपर शर्मा जी ने तपाक से पूछा, "तो एमपी साहब के बॉडीगार्ड ने कुछ नहीं किया? " "आप भी शर्मा जी हद करते हैं, ऊ सब तो हाथ जोड़ने लगा कि सर हमलोगों की नौकरी चली जाएगी, छोड़ दिया जाए साहब को। " "इस घटना के बाद ही तो एमपी कुमार ने लोकसभा में कई वर्षों तक एक ही जगह पर पोस्टिंग का हवाला देते हुए रविंद्र के ट्रांसफ़र की बात उठाई थी। " डॉक्टर साहब ने खुलासा किया। गया में 'सैलून' से चीफ कॉमर्शियल सुपरिटेंडेंट को नहीं उतरने देना भी पहलवान के लिए घातक साबित हो गया। "अच्छा, पहलवान है तो क्या टेंशन...वह इस उच्चस्तरीय जाँच का भी कोई-न-कोई तोड़ निकाल ही लेगा। " शर्मा जी ने कहा। जाँच करने के बाद टीम वापस लौट जाती है। कुछ ही दिनों के बाद टीटीई विनोद सिंह और अन्य तीन टीटीई के साथ रविंद्र का भी ट्रांसफ़र मालदा कर दिया जाता है। पहलवान जी और विनोद सिंह ने ज्वाइन करने से मना कर दिया। अन्य तीनों टीटीई ने मालदा जाकर अपना योगदान दे दिया। इस बार लड़ाई लंबी चलनी थी क्योंकि ट्रांसफ़र में बड़े अधिकारियों के साथ ही रेलवे बोर्ड के सदस्यों का भी हाथ था।

शंकरवा पूरा राक्षस है !

दबंग विधायक सुरेश यादव के यहाँ चौकड़ी जमी हुई थी। "लगता है इस बार दाँव काम कर जाएगा। " विधायक जी की ओर मुख़ातिब होकर शहंशाह बोलता है। "एमपी साहब ने भी तो मामला लोकसभा में उठा ही दिया है। अब तो हर हाल में ट्रांसफर होकर ही रहेगा। " होटलवाले ने कहा। जबतक पहलवान हमलोगों के रास्ते से हटेगा नहीं तबतक हमलोग गया में खुलकर कुछ भी ग़लत नहीं कर पाएँगे। जहाँ भी रंगदारी के लिए हाथ रखते हैं, साला सब अपने आपको पहलवान जी का आदमी बताने लगता है। नवाब कॉलोनी में मकान बनानेवाले गज्जू को ही ले लीजिए। "जब मेरा आदमी उसके पास जाता है और कहता है कि यहाँ मकान बनाना है तो नज़राना देना होगा। साला, तुरंते भागकर पहुँच गया पहलवान के पास। " चौकड़ी में से एक ने कहा। "सुरेश अंकल भी तो पहलवान की ख़िलाफ़त नहीं कर पाते हैं। पूरा शहर इनके नाम से ख़ौफ़ खाता है लेकिन ये पहलवान के नाम से ख़ौफ़ खाते हैं, पता नहीं क्यों? " भगिना राम की कही ये बात सुरेश यादव को चुभ जाती है। "अरे, भगिना राम, तुम्हें नहीं पता पहलवान के बारे में। उसके पास अपार जनसमर्थन है। बाहर की पुलिस भी उसका कुछ नहीं बिगाड़ पाती है। जबकि बड़े-बड़े सूरमा भी सीआरपीएफ से पानी माँगते हैं। एक कहानी सुनाता हूँ। सन् 1988 की बात होगी...कुर्था में भूमि विकास बैंक का चुनाव हो रहा था। मगध के बाहुबली चुनाव मैदान में अपनी किस्मत आजमा रहे थे। रामाश्रय बाबू के ख़ासमख़ास रंजन बाबू, जो टीपीएस कॉलेज में प्रोफेसर थे, वे राम सिन्हा के खिलाफ चुनाव मैदान में थे। रंजन बाबू को सरदार का वरदहस्त प्राप्त था। अबतक के सियासी गणित में वे सबसे ताक़तवर उम्मीदवार थे। राम सिन्हा को लगा था कि वे आसानी से अपने दम पर चुनाव निकाल लेंगे। उनका सोचना सही भी था क्योंकि पैसा, पावर, फेम किसी भी चीज में रंजन बाबू उनके सामने पसगाभर भी नहीं थे। लेकिन जब रामाश्रय बाबू और सरदार की ताक़त रंजन बाबू में समाहित हो जाती है तो वे राम सिन्हा

पर भारी पड़ने लगते हैं।

राम सिन्हा का बेड़ा पार अब एक ही शख़्स लगा सकता था, वो था रविंद्र पहलवान। आनन-फ़ानन में पहलवान जी को कुर्था बुलाया जाता है। पहलवान जी की पहचान पूरे मगध में "वन मैन आर्मी" की थी, जिसकी तरफ़ गए उसका पलड़ा भारी। "सर, सुना आपने अब जीत मुश्किल लगती है। राम सिन्हा ने पहलवान जी को बुला लिया है। उनके रहते बूथ छापना मुश्किल हो जाएगा।" रंजन बाबू फोन पर बड़े नेता से बात कर रहे थे। "अरे, तुम टेंशन मत लो, रंजन। सरदार है न अपनी ओर से। चुनाव पर ध्यान दो।" बड़े नेता ने कहा। "सरदार इज़्ज़त वाली बात है। पूरा ज़ोर लगा दो, कुछ भी करो, जीत रंजन की ही होनी चाहिए।" इतना कहकर फोन कट जाता है। बूथ छापना यानी बाहुबल से बूथ पर क़ब्ज़ा कर अपने उम्मीदवार के पक्ष में वोटिंग करवाना। उस वक़्त बैलेट पेपर से वोट डाले जाते थे। सरदार ने पूरी ताक़त लगा दी। वोटिंग वाले दिन कुर्था के आगे गंगहर के पास फ़ायरिंग होने लगती है। कुछ लोग इधर-उधर भागते दिखते हैं। हल्ला होने लगता है कि सुधीर बाबू को गोली लग गई, गोली लग गई। थोड़ी देर में ही साफ हो जाता है कि सरदार के भाई सुधीर को गोली लगी है। वह बुरी तरह घायल है। रुक-रुक कर गोली चल ही रही थी। धायँ-धायँ की आवाज़ से धुआँ-धुआँ हो जाता है गंगहर। आज से पहले गंगहर में कभी इतनी गोली नहीं चली थी। तनातनी की आशंका तो हर किसी को थी लेकिन मामला इतना बिगड़ जाएगा, इसका अंदेशा किसी को नहीं था। फ़ायरिंग राइफल से होती है तो मोर्चाबंदी भी उसी मुताबिक करनी पड़ती है। टारगेट को दूर से ही निशाने पर लेना पड़ता है। "भईया आप ठीक हैं न...सरदार के आदमियों ने हमला बोल दिया है। अंधाधुंध फ़ायरिंग कर रहे हैं। काउंटर करना पड़ेगा नहीं तो मुश्किल हो जाएगा, उन्हें रोकना। वे लोग बूथ छाप लेंगे।" रामानुज ने एक ही साँस में सब कह डाला। "शंकर कहाँ है?" पहलवान जी ने पूछा। उसके पास ही नया वाला सामान है। वो अकेले देख लेगा सबको। राक्षस है राक्षस... उसे ड्राइवर समझने की भूल करना अगले के लिए भारी पड़ेगा। पहलवान जी को शंकर पर हद से ज़्यादा भरोसा था। शंकर भी केवल अपने मालिक का आदेश ही मानता था। "भईया-भईया करते शंकर दौड़ता-हाँफता आता है।

उसके हाथ में नया वाला सामान चमक रहा था। चलिए भईया, जितना जल्दी हो, यहाँ से निकलिए। फोर्स आ गया है। सब बाहर का पुलिस बुझाता है। मैंने अपना काम कर दिया है, अब जीत हमलोगों की ही होगी। ” “अपने और लोग कहाँ हैं? ” पहलवान जी ने शंकर से पूछा। “आप उनलोगों की चिंता नहीं कीजिए, सभी को बता दिए हैं कहाँ पर मिलना है। वे सब धीरे-धीरे निकल रहे हैं। पुलिस हमलोगों को चारों ओर से घेर ले, उसके पहले यहाँ से निकलना होगा। ” शंकर ने कहा। शंकर को उस गाँव के चप्पे-चप्पे का भान था। वह और रामानुज पहलवान जी को सुरक्षा में लेकर वहाँ से निकलते हैं। खेत-खेत होते हुए वे लोग बहुत सावधानी से आगे बढ़ रहे थे। मौत कहीं से भी धावा बोल सकती थी। चप्पे-चप्पे पर दुश्मन फैले हुए थे। पुलिस का पहरा अलग से था। बाहर की पुलिस न तो चेहरा पहचानती है और न ही शख़्सियत। तीनों भागते-भागते काफ़ी दूर आ गए थे और उन्हें लगा था कि वे सुरक्षित बच निकले हैं लेकिन ऐसा सोचना ग़लत था। सीआरपीएफ की पैनी नज़रों से वे लोग बच नहीं पाते हैं। एक जवान पीछा करता हुआ उनलोगों के करीब पहुँच गया था। जवान जोर से चिल्लाता है, “जो जहाँ है, वहीं रुक जाए नहीं तो गोली मार दूँगा। ” एक पल के लिए सभी को काठ सूँच जाता है। लेकिन शंकर ने देर नहीं की और गोली चला दी। उसके बाद पीछे मुड़कर किसी ने नहीं देखा। भागते-भागते वे लोग नदी तक पहुँच जाते हैं। सभी नाव पर सवार होकर नदी पार कर जाते हैं। सारे नाववालों को वहाँ से हटा दिया जाता है। ताकि कोई चाहकर भी पीछा न कर सके। सरदार की गिनती अपने समय के बाहुबलियों में होती थी। पर पहलवान आर्म्स के मामले में इतना स्ट्रांग है, यह लोगों को कुर्था कांड के बाद ही पता चलता है। भगिना राम को पूरी कहानी सुनाने के बाद विधायक सुरेश यादव ने कहा- “जब पहलवान मेरे रास्ते में नहीं आता है तो फिर मैं क्यों उससे ढाही लड़ाने जाऊँ? ” इस बार लोहा गर्म है। खुद-ब-खुद पहलवान यहाँ से बहुत दूर मालदा चला जाएगा। “सब्र का फल मीठा होता है, इसीलिए भगिना राम थोड़ा सब्र रखिए और सही वक़्त का इंतज़ार कीजिए। ” सुरेश यादव ने कहा। इसके बाद फिर कभी सुरेश यादव के सामने भगिना राम ने पहलवान की बात नहीं छेड़ी।

राम सिन्हा की इज़्ज़त बच गई थी। वे भारी मतों से चुनाव जीत गए

थे। पटना में जीत की ख़ुशी में पार्टी रखी जाती है। पहलवान जी ख़ास तौर पर आमंत्रित थे। विधायक, मंत्री, ब्यूरोक्रेट्स, शहर के नामी डॉक्टर-इंजीनियर-प्रोफेसर सभी मौजूद थे, लेकिन पार्टी के केंद्र बिंदु में पहलवान जी ही थे। हर कोई उनके साथ तस्वीरें खींचवा रहा था। "पहलवान अब तुम डायरेक्ट पॉलिटिक्स में उतरो। तुम्हारा क्षेत्र में अच्छा-ख़ासा नाम हो गया है। बाकी कुछ बैकअप तो पार्टी दे ही देती है। धीरे-धीरे सब सीख जाओगे।" विधायक मोदी ने कहा। मोदी बिहार के कद्दावर नेता हैं और पहलवान से पूर्व परिचित थे। वे गया में रेलवे के कई बड़े कार्यक्रमों में शिरकत करने के दौरान रविंद्र की ताकत देख चुके थे। पहलवान जी ने शालीनता से उनकी बातों को सुना और मुस्कुराते हुए जवाब टाल गए। पार्टी खत्म होते ही रात में ही पहलवान जी और उनकी टीम वापस गया लौट जाती है।

अगले दिन गया जंक्शन पर हर दिन की तरह चाय गरम, गर्म चाय ले लो की आवाज़ गूँज रही थी। यात्रीगण ध्यान दें, फलाना नंबर की गाड़ी फलाना नंबर के प्लेटफ़ॉर्म पर पहुँचनेवाली है। इतना सुनते ही लोग दौड़ लगा देते प्लेटफ़ॉर्म की ओर। काउंटर से लोकल टिकट लेने के लिए वैसी ही रगड़ा-रगड़ी चल रही थी। किसी के हाथ में पानी का बोतल था तो कोई किताब के स्टॉल पर जासूसी उपन्यास और रात काटनेवाली किताब के बारे में पूछताछ कर रहा था। टीटी रिजर्वेशन चार्ट लेकर अपने ट्रेन का इंतज़ार कर रहे थे। कुछ वैसे लोग जिनके पास रिजर्वेशन नहीं था, वे दलाल की खोज में दर-दर भटक रहे थे। सबकुछ सामान्य ही था तभी प्लेटफ़ॉर्म पर घूम रहे लखनवा की नज़र कुछ संदिग्ध लोगों पर पड़ती है। वह दौड़कर कैंटीन की ओर जाता है और वीरू को बताता है। वीरू और लखनवा दोनों संदिग्ध लोगों का पीछा करने लगते हैं। बदमाश टाइप दिखने वाले सभी स्टेशन से बाहर निकलकर एक होटल में जाकर बैठ जाते हैं। उनकी गतिविधि से ऐसा लग रहा था कि वे लोग किसी का इंतज़ार कर रहे हैं। "दाल में कुछ काला लगता है।" लखनवा बोलता है। "ये लोग यहाँ किसका इंतज़ार कर रहे होंगे?" वीरू अपने आप से भी पूछता है और लखनवा से भी। पाँच मिनट के बाद ही दोनों को इस प्रश्न का जवाब भी मिल जाता है। सामने से आ रहे शख़्स को देखकर दोनों सन्न रह जाते हैं। चोर की तरह इधर-उधर देखकर

वह आदमी होटल में घुस जाता है और संदिग्ध लोगों से बात करने लगता है। लखनवा और वीरू दोनों एक-दूसरे का मुँह देखने लगते हैं। “अरे ! इसका चेहरा तो देखा हुआ लगता है। ” वीरू बोलता है। “हाँ यार, नहीं पहचाने का !...यही तो पहलवानजी का ख़ासमख़ास रामानुज है। अब ई नहीं समझ में आ रहा है कि वह ऐसे आदमियों से अकेले में चोर की तरह क्या गिटपिट कर रहा है? ” लखनवा बोला। इधर, संदिग्ध लोग रामानुज को कन्विंश करने में लगे थे। “कब तक पहलवान का झोला ढोते रहोगे। कुछ अपने बारे में भी सोचो। हमलोगों के साथ मिल जाओ, मालामाल हो जाओगे। हर कोई अपना भविष्य देखता है, तुम्हें भी देखना चाहिए। ” एक बदमाश बोलता है। “क्या बात कर रहे हैं आपलोग? हम पहलवानजी से गद्दारी करें !” “यह गद्दारी करना कहाँ हुआ ! जैसे लोग जॉब चेंज करते हैं वैसे तुमको केवल अपना मालिक बदल देना है। हमलोगों के गैंग में शामिल हो जाना है। इसमें ग़लत क्या है? हर कोई अपनी तरक्क़ी के बारे में सोचता है। ” इस तरह से रामानुज का ब्रेनवॉश किया जाता है लेकिन रामानुज उनलोगों को तत्काल कोई जवाब नहीं देता है और बाद में मिलने के लिए कहकर वहाँ से चला जाता है।

"पहलवान पूरे समाज का है"

टीटीई से जनसेवक बनने की राह पर चल पड़े थे पहलवान जी। उनसे लोगों की अपेक्षाएँ भी बढ़ गई थीं। गया में कोई बड़ा नेता आता तो वह पहलवान जी को खोजता। मगध के स्थापित पॉलिटिशियन पहलवान को अपने साथ देखना चाहते थे। लेकिन रविंद्र अपने आपको राम सिन्हा के क़रीब पाता। दोनों का मन-मिज़ाज, आचार-विचार काफी मिलता था। विधायक राम सिन्हा मध्यवर्ग की सामंती ताक़तों का प्रतिनिधित्व करते थे। गया में एक कार्यक्रम के सिलसिले में काँग्रेस के बड़े नेताओं का जमघट लगनेवाला था। उत्तरप्रदेश के मऊ ज़िले के कद्दावर नेता और तत्कालीन केंद्रीय मंत्री कल्पनाथ राय को भी उस कार्यक्रम में आमंत्रित किया गया था। कार्यक्रम में शामिल होने से पहले कल्पनाथ राय बिना किसी को कुछ बताए पहलवान जी के यहाँ नाश्ता करने पहुँच जाते हैं। सुबह के नौ बज रहे थे। रेलवे कॉलोनी डेल्हा में सायरन की आवाज़ के साथ गाड़ियों के क़ाफ़िले को देखकर लोग हैरत में थे। एमपी-एमएलए, मिनिस्टर तो अक्सर पहलवान जी के यहाँ आया करते थे लेकिन केंद्रीय मंत्री का आगमन पहली बार हो रहा था। मंत्री जी की कार एक घर के सामने आकर रुक जाती है। पहलवान जी बाहर ही खड़ा थे। वे कल्पनाथ राय को रिसीव करते हैं और घर के अंदर ले जाते हैं। नाश्ते के साथ सामाजिक-राजनीतिक बातें होती हैं। फिर थोड़ी देर के बाद क़ाफ़िला कार्यक्रम स्थल की ओर निकल पड़ता है। चर्चा का बाज़ार गर्म हो जाता है। विधायक-सांसद को भी यह बात पच नहीं रही थी। खुद कल्पनाथ राय के पीए ने उनसे सवाल कर दिया था। "सर, एक बात पूछें, आप मंत्री, विधायक, सांसद के घर न जाकर एक टीटीई के घर नाश्ता करने क्यों गए?" केंद्रीय मंत्री राय ने कहा- "सवाल तो तुम्हारा जायज़ है लेकिन तुम वर्तमान की हैसियत देखते हो और मैं भविष्य की सियासत पर नज़र रखता हूँ। रविंद्र कुमार कोई साधारण टीटीई नहीं है बल्कि एशियाड गोल्डमेडलिस्ट मशहूर पहलवान है और लोगों का चहेता भी है। हो सकता है पार्टी इसपर अगला दाँव खेल जाए।" आगे उन्होंने

कहा- "वैसे भी एक दूरदर्शी नेता वही कहलाता है जो राजनीति में नये लोगों को मौका देता है।" कल्पनाथ राय एक कार्यक्रम के सिलसिले में गया आए थे। कार्यक्रम शुरू होनेवाला था। रामाश्रय बाबू और राम सिन्हा भी पहुँचे हुए थे। सबकी नज़रें पहलवान जी को खोज रही थीं। वे मंच से थोड़ी दूर पर बैठे थे। रामाश्रय बाबू ने इशारा कर उन्हें अपने पास बुलाया। वे पहलवान के कंधे पर हाथ रखकर मंच तक पहुँचे थे। यह सब देखकर राम सिन्हा को अच्छा नहीं लग रहा था। भरी सभा में रामाश्रय बाबू ने पहलवान का परिचय कराते हुए कहा- "पहलवान अब किसी एक आदमी का नहीं बल्कि पूरे समाज का है।" उनका इशारा राम सिन्हा की ओर था। कार्यक्रम बहुत ज़ोरदार रहता है। पहलवान की ताक़त और रसूख को देखकर कई नेता जल-भुन गए थे। कल्पनाथ राय वापस दिल्ली लौट जाते हैं। विधायक राम सिन्हा जा तो रहे थे पटना लेकिन उनका मन अशांत था। कार्यक्रम में रामाश्रय बाबू का यह कहना कि पहलवान अब पूरे समाज का है, उन्हें सुहा नहीं रहा था। कल्पनाथ राय का भी पहलवान को ज्यादा भाव देना; मगध के स्थापित नेताओं के लिए शुभ संकेत नहीं था। कुछ ही दिनों बाद विधानसभा का चुनाव था। बीतते वक़्त के साथ राम सिन्हा इनसब बातों को भूल जाते हैं और आगामी चुनाव की तैयारी में जुट जाते हैं। सभी पार्टियों के वैसे संभावित उम्मीदवारों ने कमर कस ली थी, जिन्हें अपने दल से टिकट मिलने की थोड़ी-बहुत भी उम्मीद दिख रही थी। राम सिन्हा के रूखे व्यवहार से जनता भले क्षुब्ध थी लेकिन पार्टी में मज़बूत पकड़ होने के कारण टिकट मिलना पक्का था। लोगों की शिकायत थी कि चुनाव जीतने के बाद वे क्षेत्र में कम समय देते थे। सन् 1990 की बात थी। चुनाव आयोग बिहार विधानसभा चुनाव का नोटिफिकेशन निकाल देता है।

उधर, नेता चुनाव की तैयारी कर रहे थे, इधर पहलवान जी बच्चों को परीक्षा की तैयारी करवा रहे थे। "एग्जाम सर पर है लेकिन तुमलोगों का मन पढ़ाई में नहीं लग रहा है, मैं देख रहा हूँ।" मोनी के पापा ने कहा। वे आज बच्चों को छोड़ने के मूड में नहीं थे। "चलो जल्दी तीनों किताब-कॉपी निकालो और शुरू हो जाओ। रवि, पहले मैथ के कठिन प्रश्नों को हल करने का अभ्यास करो। मोनी, तुम संज्ञा-सर्वनाम याद करके सुनाओ। किट्टू, तुम क्या पढ़ोगे? तुम

साइंस पढ़ लो। ” उन्होंने तीनों को एक साथ काम दे दिया था। “केवल बाहर घूमने की प्लानिंग बनाई जाती है। पढ़ाई-लिखाई एकदम गोल होते जा रहा है। ” पहलवान जी अपने बच्चों को डाँट रहे थे तभी फोन की घंटी ट्रिंग-ट्रिंग बज पड़ती है। “सर, बात करेंगे। ” विधायक राम सिन्हा का पीए बोलता है। “नोटिफिकेशन निकल चुका है। जल्द ही चुनाव का डेट भी निकल जाएगा। मदद की ज़रूरत पड़ेगी। ” कहकर फोन कट जाता है। नेहालपुर, शकूराबाद के लोगों में राम सिन्हा को लेकर बड़ा विरोध था। कुछ दिन पहले ही दोनों गाँव के लोग निजी काम से मिलने आए थे तब बातों ही बातों में पहलवान जी को इस बात का पता चला था। शाम में चबूतरे पर लोगों से मिलने के बाद पहलवान जी रामानुज को बोलते हैं, “अब हमलोगों को कुछ दिन गाँव का दौरा करना है। शंकर को बोल देना तैयार रहेगा, साथ में कपड़ा वगैरह भी रख लेगा। सबसे पहले नेहालपुर चलेंगे। वहाँ पर ही सबसे अधिक विरोध है। ” जेल से बाहर आने के बाद रविंद्र पहलवान की सुरक्षा का विशेष ध्यान रखा जाता। अब उनके गया से बाहर जाने पर नौ-दस गाड़ियों का क़ाफ़िला साथ चलता। उसमें सवार सभी लोग अत्याधुनिक हथियारों से लैस रहते थे। इसका एक कारण क्षेत्र में एमसीसी का सक्रिय होना भी था। दोपहर की बेला थी, नेहालपुर में बड़े-बुज़ुर्ग काम ख़त्म कर बरगद के पेड़ के नीचे ताश की गड्डी फेंट रहे थे। सायँ-सायँ की आवाज़ करता हुआ गाड़ियों का क़ाफ़िला पेड़ के पास आकर रुक जाता है। गाँववाले कुछ समझते उसके पहले ही पहलवान जी गाड़ी से नीचे उतरकर सभी को प्रणाम करते हैं। खटिया लग जाती है। चारों ओर से पहलवान जी को उनके आदमी सुरक्षा घेरे में ले लेते हैं। चार-पाँच आदमी राइफल लेकर गाँव के इंट्री प्वाइंट पर क़ब्ज़ा जमा लेते हैं। बाकी अलग-अलग जगहों पर पसर जाते हैं। सेकेंड भर में पूरे गाँव में ख़बर फैल जाती है कि पहलवान जी आए हुए हैं। गाँव के मुखिया जी भागे-भागे वहाँ पहुँचते हैं। थोड़ी देर में जब और लोग भी आ जाते हैं तब बातचीत का सिलसिला शुरू होता है। पहलवान जी मुखिया की ओर मुख़ातिब होकर कहते हैं, “और क्या हालचाल है मुखिया जी ? विधायक से कोई शिकायत तो नहीं है न। आपको तो अच्छा फंड भी मिला है इस बार। ” “फंड तो मिला है भईया लेकिन लोगों में उनको लेकर बहुत आक्रोश है। वे चुनाव

जीतने के बाद गाँव में एक बार भी झाँकने नहीं आए हैं। पटना में भी किसी से नहीं मिलते हैं। ऐसे में भईया इस बार मुश्किल लगता है। ” मुखिया ने कहा। अभी पहलवान जी कुछ बोलते उससे पहले ही गाँव का एक और नौजवान विधायक जी का नाम सुनते ही हत्थे से उखड़ जाता है। पहलवान जी समझ गए, इस बार लोग बहुत गुस्से में हैं। वोटिंग को लेकर गाँव और शहर में सीधा अंतर होता है, जहाँ शहर में आप किसी के मन को नहीं टटोल पाते हैं वहीं गाँव के लोग अमूमन सीधे होते हैं और सहज ही अपनी भावनाओं को प्रकट कर देते हैं। “अच्छा तोहनी के का चाहीं, हम हिओ न। जे होतई हमरे से कहथिन, सिन्हा जी के का कहब, हम ही काफी हिओ तोहनी खातिर। ” पहलवान जी का कहना था कि आपलोगों को जो प्रॉब्लम होगा, मुझसे कहिएगा। मैं ही इसके लिए काफ़ी हूँ। विधायक तक जाने की नौबत नहीं आएगी। बड़े-बुज़ुर्गों को कन्विंस करने के बाद युवाओं को भी दिलासा दिलाया कि उन्हें किसी तरह की परेशानी नहीं होगी। पहलवान जी के आश्वासन के बाद गाँव के लोगों का गुस्सा ठंडा हुआ और सभी ने राम सिन्हा को समर्थन देने का भरोसा दिया। नेहालपुर का मामला सलटाने के बाद पहलवान जी का क़ाफ़िला शकूराबाद की ओर चल पड़ता है। वहाँ पहुँचने पर भी ग्रामीण उनका भव्य स्वागत करते हैं। थोड़ी देर सबका हालचाल लेने के बाद पहलवान जी सीधे मुद्दे पर आ जाते हैं। यहाँ भी वर्तमान विधायक राम सिन्हा को लेकर लोगों का गुस्सा चरम पर था। जैसे ही पहलवान ने विधायक का नाम लिया ग्रामीण भड़क उठे। पहलवान जी ने कहा-
“राम सिन्हा गुस्सैल स्वभाव के ज़रूर हैं लेकिन उनकी नीयत में खोट नहीं है। वे आपलोगों के बारे में अक्सर सोचते हैं। ” कुछ देर मान-मनौव्वल के बाद आख़िरकार लोग सिन्हा को वोट देने के लिए मान जाते हैं। इस तरह पहलवान जी क्षेत्र के लगभग सभी गाँवों में जाकर सिन्हा के पक्ष में लोगों से वोट देने की अपील करते हैं। यह पहलवान जी की मेहनत का ही नतीजा था कि काउंटिंग से पहले ही लोग राम सिन्हा को जीत की बधाई देना शुरू कर देते हैं।

वोटिंग ख़त्म हो चुकी थी और अब मतगणना स्थल पर पहलवान जी ने मोर्चा सँभाल लिया था। नब्बे के दशक में बहुत ही सेंसेटिव ज़िला माना जाता था जहानाबाद। एमसीसी के डर से लोग चूं तक नहीं करते थे। वैसे में पहलवान जी ने

पूरे इलाक़े में अकेले मोर्चा सँभाल रखा था। महज़ एक टीटीई होकर सिर्फ अपने व्यवहार की बदौलत वे लोगों के दिलों पर राज करते थे। उनके इशारे पर लोग मर-मिटने के लिए तैयार रहते थे। पहलवान जी मतगणना स्थल के बाहर बेसब्री से राम सिन्हा की जीत का इंतज़ार कर रहे थे, तभी अंदर से 'भईया, भईया कहते एक आदमी बाहर आता है और राम सिन्हा की जीत की ख़बर देता है।' सभी खुशी से उछल पड़ते हैं।

राम सिन्हा ज़िंदाबाद, पहलवान जी ज़िंदाबाद का नारा लगना शुरू हो जाता है। थोड़ी देर में राम सिन्हा भी वहाँ पहुँच जाते हैं। जीत की आधिकारिक घोषणा के बाद विजय जुलूस निकाला जाता है। इसमें आगे-आगे पहलवान जी अपने आदमियों के साथ लोगों का अभिवादन स्वीकार कर चल रहे होते हैं। बीच में राम सिन्हा और पीछे उनके समर्थकों का हुजूम। सबकुछ ठीक चल रहा था तभी पहलवान जी के गरजने की आवाज़ सुनाई पड़ती है। "होश में रहकर बात करो सुंदर शर्मा, तुम्हारे जैसे कितने इंस्पेक्टर सुबह-शाम मेरे दरवाज़े पर फ़रियाद लेकर पहुँचते हैं।" रविंद्र पहलवान ने सुंदर शर्मा को कहा। जहानाबाद के एसएस कॉलेज से जुलूस को स्कॉर्ट कर गांधी मैदान लाने का ज़िम्मा इंस्पेक्टर सुंदर शर्मा पर था। रात हो चुकी थी। इंस्पेक्टर शर्मा के साथ बीएमपी के जवान भी थे। किसी बात को लेकर पहलवान जी और सुंदर शर्मा के बीच ego clash कर जाता है। जुलूस किस रास्ते से जाएगा? इसको लेकर राम सिन्हा के लोगों के साथ इंस्पेक्टर शर्मा की बकझक पहले ही हो चुकी थी। उस वक़्त पहलवान जी ने ही बीच-बचाव कर लोगों को वहाँ से हटाया था। सुंदर शर्मा की पहचान इलाक़े में मनबढ़ू पुलिसवाले की थी। इंस्पेक्टर शर्मा ने न आव देखा न ताव, बीएमपी जवानों को आदेश दिया कि वे रविंद्र पहलवान को अरेस्ट कर लो। लेकिन यह काम अब इतना आसान नहीं था। राम सिन्हा की इस जीत के बाद पहलवान जी और ताक़तवर होकर उभरे थे। एक तरफ ख़ाकी तो दूसरी तरफ खादी के लोगों ने मोर्चा सँभाल लिया। तनाव इतना बढ़ गया कि लोगों को लगा कि अब यहाँ लाशों का ढेर लग जाएगा। पहलवान जी को अरेस्ट करने का मतलब था, ख़ून-ख़राबा। सिचुएशन को हैंडिल करने के लिए आनन-फ़ानन में तेज़तर्रार डीएसपी तारकेश्वर सिंह को मौक़े पर भेजा गया। पहले पहलवान जी से कंप्रोमाइज करने

के लिए कहा गया लेकिन उन्होंने साफ मना कर दिया। कहा- “जब मेरी कोई ग़लती नहीं है तो फिर मैं क्यों समझौता करूँ? ” राम सिन्हा वहाँ पर चाहते थे कि अगर पहलवान के झुक जाने से मामला शांत हो जाता है तो उसे झुक जाना चाहिए। लेकिन पहलवान के खराब मूड को देखते हुए उन्होंने चुप रहना ही उचित समझा। बाद में डीएसपी ने कड़ा रुख़ अख़्तियार करते हुए इंस्पेक्टर सुंदर शर्मा को हड़काया और उसे अपना आदेश वापस लेने के लिए कहा।

'राजधानी' का 35 मिनट रुकना आज भी रहस्य

गया जंक्शन पर कर्मचारियों ने रेलवे मज़दूर संघर्ष समिति के बैनर तले अपना आंदोलन तेज़ कर दिया था। पहलवान जी के निलंबन को वापस लेने के लिए धरना-प्रदर्शन किया जा रहा था। फोर्थ ग्रेड के कर्मचारियों के साथ ही असंगठित मज़दूरों के हक की लड़ाई लड़ने के लिए पहलवान जी ने ही रेलवे मज़दूर संघर्ष समिति की स्थापना की थी। शुरू में तो समिति की कोई पहचान नहीं थी लेकिन धीरे-धीरे यह मज़बूत संगठन बन जाता है। "एक टीटीई ने डीआरएम को चित किया"...अख़बार में छपी इस हेडलाइंस के बाद तो अधिकारी इस समिति को और भी गंभीरता से लेने लगे थे। संघर्ष समिति के सदस्यों ने ही गया स्टेशन पर डीआरएम को उसके सैलून से नहीं उतरने दिया था और भारी विरोध के कारण डीआरएम को बिना जाँच किए ही वापस लौटना पड़ा था। अब अधिकारी छोटे स्टाफ को भाव देने लगे थे। यह रेलवे में एक तरह का बदलाव था, जो पहलवान जी की बदौलत ही संभव हो पाया था। सन् 1999 में एमपी चुनाव को लेकर बिहार में राजनीतिक सरगर्मी तेज़ हो गई थी। जहानाबाद लोकसभा सीट हॉट केक बना हुआ था। अशोक कुमार अपनी जीत के लिए जी-जान से मेहनत कर रहे थे। लगातार वो और उनके आदमी सुदूर गाँवों का भी दौरा करने से नहीं चूक रहे थे, फिर भी कुछ लोगों का मानना था कि बिना पहलवान की मदद के चुनाव जीतना मुश्किल है। अशोक कुमार रविंद्र से पूर्व परिचित थे। इसलिए उन्होंने देर नहीं की और पहलवान जी से संपर्क साधा। कुछ वैसे गाँव जहाँ अशोक कुमार की पैठ नहीं थी, वहाँ पहलवान जी खुद गए और लोगों को अशोक कुमार की जीत के लिए मोबलाइज किया। अब किसी को अशोक कुमार की जीत में शक-शुबहा नहीं रह गया था। काउंटिंग के बाद परिणाम घोषित होता है। अशोक कुमार भारी मतों से यह चुनाव जीत जाते हैं। अब वे जहानाबाद के माननीय सांसद कहलाने लगते हैं।

केंद्र में अटल बिहार वाजपेयी की सरकार बनी थी और बिहार से कुमार

साहब को रेल मंत्री बनाया गया था। अब मदद करने की बारी सांसद अशोक कुमार की थी। वे सस्पेंशन वाले मामले में पहलवान जी की पैरवी लेकर कुमार साहब के पास दिल्ली पहुँचते हैं। उधर, रेल मंत्री से पहले ही रेलवे के बड़े अधिकारी मिल चुके थे और टीटीई रविंद्र के सस्पेंशन को ख़त्म नहीं करने की गुहार लगाई थी। उनका तर्क था कि निलंबन ख़त्म होने से अधिकारियों की प्रतिष्ठा धूमिल हो जाएगी। कुमार साहब भारी दुविधा में पड़ जाते हैं। एक तरफ अधिकारी तो दूसरी तरफ 25 सांसदों का वह पत्र जिसमें रविंद्र पहलवान को निर्दोष बताकर उनके निलंबन को खत्म करने का रिक्वेस्ट किया गया था। जहानाबाद सांसद ने जब कुमार साहब को एक पुरानी कहानी सुनाई तो उनकी दुविधा ख़त्म हो गई। उन्होंने याद दिलाया- “आप और हम एक कार्यक्रम के समापन के बाद डोभी से गया लौट रहे थे। आपको उसी दिन अर्जेंट दिल्ली जाना था। हावड़ा से चलकर राजधानी गया पहुँचने ही वाली थी। मैंने रेलवे के कुछ अधिकारियों से बात की। उनसे ट्रेन को कुछ देर के लिए रुकवाने का आग्रह किया लेकिन सभी ने हाथ खड़े कर दिए। उनमें से एक ने कहा था, ‘यह काम केवल गया वाले पहलवान जी कर सकते हैं।’ फिर मैंने किसी तरह पहलवान जी तक यह ख़बर पहुँचवाई।” लेकिन यह काम उतना आसान नहीं था रेलवे के अधिकारियों के लिए भी और पहलवान जी के लिए भी। राजधानी पाँच मिनट भी लेट हो जाती तो संसद में सवाल-जवाब होने लगता था। “अब क्या कीजिएगा पहलवान जी? आपने तो सांसद महोदय को हाँ कर दिया है।” एक साथी टीटीई ने कहा। “हो जाएगा टेंशन नहीं लेने का, कुछ-न-कुछ उपाय तो निकाल ही देंगे।” पहलवान जी ने कहा। नियत समय पर हावड़ा से चलकर राजधानी गया स्टेशन पहुँच जाती है। कुछ लोग बाहर उतरकर अपना देह-हाथ सीधा करने लगते हैं। कोई पानी का बोतल भरने के लिए नल की ओर लपकता है। इसी बीच स्टेशन पर पुलिसवालों की चहलक़दमी बढ़ जाती है। स्निफ़र डॉग के साथ कई पुलिसवाले दनादन हर डिब्बे में चेकिंग करना शुरू कर देते हैं। ट्रेन में बैठे यात्री दहशत में आ जाते हैं। “यह सब क्या हो रहा है?” एक महिला से रहा नहीं जाता है और वह पुलिसवाले से पूछ बैठती है। “कुछ नहीं आप घबराइए नहीं, बस चेकिंग चल रही है। आपलोग कॉपरेट कीजिए। आपकी सुरक्षा की

ख़ातिर ही यह सब हो रहा है। ” पुलिसवाला बोलता है। तभी एक दूसरा यात्री बोल पड़ता है, “अब राजधानी में भी यह सब होने लगा। राजधानी तो देश की सबसे सुरक्षित ट्रेन मानी जाती है। ” “यह बहस करने का वक़्त नहीं है जनाब। आपलोग शांति बनाए रखिएगा तो हमें अपनी ड्यूटी करने में सुविधा होगी। ” इतना बोलकर पुलिसवाला आगे वाले डिब्बे की ओर बढ़ जाता है। उस दिन गया जंक्शन पर राजधानी रुकी, वो भी पूरे 35 मिनट। जब कुमार साहब और अशोक कुमार गया स्टेशन पहुँचे तो वो लोग सीधे भागते हुए प्लेटफ़ॉर्म की ओर लपके, जहाँ राजधानी खड़ी थी। रास्ते में पहलवान जी उनलोगों का इंतज़ार कर रहे थे। उन्होंने रोक लिया और चाय पीने का ऑफर दिया। कुमार साहब हड़बड़ा कर बोले- आज छोड़ दीजिए पहलवान जी, राजधानी छूट जाएगी, फिर कभी। अरे ! नहीं छूटेगी, आपलोगों के बैठने के बाद ही ट्रेन खुलेगी। और हुआ भी वही, कुमार साहब और अशोक कुमार के राजधानी में बैठने के बाद ही ट्रेन वहाँ से खुली। यह आज भी रहस्य है कि यह सब हुआ कैसे? कुछ अख़बारों में छपा कि रफीगंज के पास विस्फोटक मिलने की सूचना पर जाँच को लेकर ट्रेन रोकी गई थी। वहीं कहीं छपा कि किसी ने ट्रेन में विस्फोटक होने की सूचना दी थी जिसके बाद जाँच के लिए ट्रेन को delay किया गया था। काफ़ी सोच-विचार करने के बाद कुमार साहब इस नतीजे पर पहुँचते हैं कि टीटीई रविंद्र कुमार को ग़लत तरीके से निलंबित किया गया है। कुछ दिनों के बाद पहलवान जी को निलंबन मुक्त कर दिया जाता है। निलंबन वापसी की ख़बर से पूरे गया शहर में खुशी की लहर दौड़ जाती है। ख़ासकर हावड़ा से लेकर मुगलसराय तक के रेलवे स्टाफ में विशेष उत्साह देखा जाता है। सभी इसे एक टीटीई की जीत के रूप में देख रहे थे। पहलवान जी का न सिर्फ निलंबन वापस हुआ था बल्कि उन्हें प्रमोशन भी मिला था। अब वे चीफ टिकट कलेक्टर बन गए थे।

दिल्ली का कटवारिया सराय...बगल में बेर सराय, उससे सटे दिल्ली आईआईटी का बाउंड्रीवॉल। गाँव तो जाटों का है लेकिन गुलज़ार रहता बिहारियों से। ख़ासकर इंजीनियरिंग के छात्रों से। कोई इंजीनियर बनने की तैयारी कर रहा होता तो कोई इंजीनियर बनकर नौकरी की तलाश में ख़ाक छान रहा होता। जिस तरह सिविल सर्विसेज की तैयारी करनेवालों के लिए मुखर्जी नगर मक़्का-मदीना है

तो ठीक उसी प्रकार कटवारिया सराय में देश के इंजीनियरों को तराशने का काम होता है। छपरा से पहली बार मीनू और चीनू दो भाई बोरिया-बिस्तरा समेटकर कटवारिया सराय में गिर चुके थे। वहाँ पहले से तीन भाई अलग-अलग फ्लेवर के जॉब की तैयारी में दिन-रात एक कर रखा था। बड़ा भाई मंटू कंपनी सेक्रेटरी का इंटर पास करने के बाद इंडियन इंजीनियरिंग सर्विसेज की तैयारी में जुटा था तो मँझला चिंटू अस्सिटेंट कमांडेंट का written निकाल थोड़ा सुस्ता रहा था क्योंकि उसे अब फिजिकल निकालने के लिए अपने शरीर को निचोड़ना था। वह सुबह-शाम आईआईटी दिल्ली के ग्राउंड में दौड़ लगाना शुरू कर देता है लेकिन कहीं कोई कमी रह जाती है। फिजिकल टेस्ट ने कमांडेंट बनने की राह में रोड़ा अटका दिया था। छोटे भाई अतुल को तो कुछ करना नहीं था, बस केवल 'लाल बत्ती' का सपना ही उसे रोमांचित करने के लिए काफ़ी था। वह बेर सराय स्थित कुमार की दुकान से इतिहास की नयी-नयी किताबें इकट्ठा करने में लगा रहता। यह दीगर बात थी कि उस किताब को पढ़ने का काम बड़ा भाई मंटू करता। दिल्ली का एक कमरा अपने आप में पूरी दुनिया समेटे रखता है। कमरा ठीक-ठाक ही था। एक छोटा किचन और उससे भी छोटा बाथरूम कमरे से संलग्न था। बाथरूम ऐसा कि अगर कोई गुलथुल आदमी को उसमें प्रवेश करना हो तो, उसे बाबा रामदेव के प्राणायाम का सहारा लेना पड़े। साँस को तबतक खींचकर रखना होता था जबतक शरीर बाथरूम के गेट से अंदर न चला जाए। खैर, इंसान जब 'फुल प्रेशर' में होता है तो वह कहीं भी घुस सकता है। "अरे ! क्या बिहारी टाइप से कर रहे हो भाई, चिंटू ने किसी को टोका तो मीनू चौंक पड़ा। " रिश्ते में मामा लेकिन उम्र में छोटा होने के कारण मीनू तीनों भाइयों को भईया ही बोलता। मीनू ने उत्सुकतावश पूछा- हमलोग भी तो बिहारी ही हैं भईया। चिंटू कुछ बोलता उसके पहले ही अतुल मीनू के मनोभाव को ताड़ लेता है। उसने कहा- "जाने दो मीनू, ये हर किसी को बिहारी ही बोलते हैं। यह उनका तकिया कलाम हो गया है। छोड़ो ये सब, और बताओ छपरा में सबलोग ठीक हैं न ? " अतुल ने पूछा। "हाँ भईया, सबलोग ठीक हैं। यहाँ रूम वगैरह मिल जाएगा। हमलोग भी आईआईटी की तैयारी करने आए हैं। " मीनू ने पूछा। "हाँ, क्यों नहीं मिल जाएगा ! रूम ही रूम है...पहले हमलोग बिहारी स्टाइल में दाल-भात

और आलू की करारी भुंजिया बनाते हैं फिर खाया जाए और टाँग पसारकर सोया जाए। शाम को घूमने निकलेंगे तब रूम खोज लिया जाएगा। "यहाँ कुछ घर के आगे toi-let लिखा मिलेगा, उसको देखकर घबराना नहीं या उसे किसी के अंग्रेजी ज्ञान से जोड़कर नहीं देखना, 'to-let' ही समझना। शरारती तत्व तो हर जगह होते हैं, किसी ने 'आई' बीच में घुसेड़ दिया होगा, तुम तो समझते ही हो मीनू!" अतुल ने हँसते हुए कहा। एक-दो दिनों की छानबीन के बाद मीनू, चीनू को रूम मिल जाता है और वे लोग आईआईटी की तैयारी में जुट जाते हैं। दोनों अच्छे स्कूल से पढ़कर आए थे। मीनू जहाँ नेतरहाट से मैट्रिक किया था वहीं चीनू सैनिक स्कूल, पुरुलिया से पासआउट था। इधर, मंटू का भी IES का रिजल्ट आ जाता है। इंडियन इंजीनियरिंग सर्विसेज की लिखित परीक्षा में वह क्वालिफाई कर जाता है। मॉक इंटरव्यू की तैयारी शुरू हो जाती है। इस बीच चिंटू को किसी ज़रूरी काम के सिलसिले में पटना जाना पड़ता है।

साइन बन जाता रेलवे का कन्फ़र्म टिकट

चिंटू को दिल्ली से पटना आकर पता चलता है कि उसका काम गया से होगा। वह गया मूव कर जाता है। रेलवे स्टेशन पर उतरने के बाद वह रविंद्र भईया से मिलने रेलवे कॉलोनी, डेल्हा की ओर चल पड़ता है। लंबे अर्से के बाद वह अपने भईया से मिलने जा रहा था। अभी वह पहलवान जी के घर पहुँचता उसके पहले ही वे चबूतरे के पास बैठे मिल जाते हैं। चिंटू उनको इस तरह से अकेले बैठा देख भौंचक्का रह जाता है ! प्रणाम ! करने के साथ ही वह बोल पड़ता है, "अरे ! भईया यह क्या, आप इस तरह से बिल्कुल अकेले बिना कोई सुरक्षा के बैठे हुए हैं। पहलवान जी पहले तो घर का हालचाल पूछते हैं फिर कहते हैं, "सुरक्षा से कुछ नहीं होता चिंटू। अमेरिका के राष्ट्रपति जॉन कैनेडी से ज्यादा सुरक्षा किसकी होगी? सरेआम गोली मारकर हत्या कर दी गई थी उनकी। " उसके बाद वे विस्तार से बताने लगते हैं। कुछ देर सोचकर, "हाँ, 1963 का साल था वह और 22 नवंबर की तारीख...जब कैनेडी अपनी पत्नी जैकलीन के साथ खुली लिमोजिन में बैठे थे और लोगों का अभिवादन स्वीकार कर रहे थे, तभी भीड़ में से एक गोली आती है और उनके सिर में लगती है, अभी कोई कुछ समझ पाता उसके पहले ही दूसरी गोली गले को क्षत-विक्षत कर देती है। पत्नी की गोद में कैनेडी का सिर लुढ़क जाता है और इस तरह से विश्व के सबसे ताक़तवर देश के राष्ट्रपति की धड़कनें सदा के लिए बंद हो जाती हैं। "

वे आगे कहते हैं, "प्रधानमंत्री इंदिरा गाँधी के साथ क्या हुआ था...31 अक्टूबर, 1984 को सुबह में नई दिल्ली के सफदरगंज रोड स्थित उनके आवास पर ही सुरक्षाकर्मी उन्हें गोलियों से भून डालते हैं। ऑपरेशन ब्लू स्टार के बाद उनके सिख अंगरक्षक सतवंत सिंह और बेअंत सिंह ने गोली मारकर उनकी हत्या कर दी थी...और राजीव गाँधी के साथ क्या हुआ था? यह तो तुम्हें पता ही होगा। 21 मई, 1991 की रात दस बजकर 21 मिनट पर तमिलनाडु के श्रीपेरंबदूर में 30 साल की एक लड़की चंदन का हार लेकर पूर्व प्रधानमंत्री

राजीव गाँधी के पास पहुँची और जैसे ही उनके पैर छूने के लिए झुकी वैसे ही ज़ोरदार धमाका हुआ और गाँधी के चिथड़े उड़ गए। इसीलिए जिस दिन यमराज का बुलावा आ जाएगा, उस दिन जाना ही होगा। चिंटू ने अब आगे उनसे बहस करना उचित नहीं समझा। लेकिन मन-ही-मन वह सोच रहा था, 'भईया इतनी बातें कैसे जानते हैं? जबकि अमेरिकी राष्ट्रपति कैनेडी की मौत कैसे हुई थी? यह तो उसे भी नहीं पता था। भईया, सामान्य ज्ञान पर इतनी पकड़ रखते हैं, यह जानकर उसे बड़ा ताज्जुब हुआ।' चिंटू अबतक जानता था कि पहलवान टाइप लोगों का सामान्य ज्ञान औसत दर्जे का होता है लेकिन रविंद्र भईया ने आज उसकी इस धारणा को ग़लत साबित कर दिया था। तभी भईया के टोकने पर वह सोच के दायरे से बाहर निकलता है। "अच्छा छोड़ो ये सब बातें, चलो डेरा... क्या बनवा दें बताओ? पहलवान जी चिंटू को बहुत मानते थे। रात में उन्होंने खुद अपने हाथों से चिंटू के लिए चिकेन बनाया। उनके मित्रमंडली के लोग भी हैरान थे कि आख़िर ये कौन लड़का है? जिसको पहलवान जी वीआईपी ट्रीटमेंट दे रहे हैं। इसी बीच चिंटू गया आने का मक़सद अपने भईया को बता देता है। वो सिविल इंजीनियरिंग वर्क से रिलेटेड एक्सपीरियंस सर्टिफिकेट बनवाने आया था। सुबह नौ बजे पहलवान जी अपने ख़ास आदमी रामानुज को चिंटू के साथ लगा देते हैं। रामानुज दो घंटे में काम करवाकर चिंटू को गया जंक्शन पर छोड़ देता है। तबतक पहलवान जी भी स्टेशन आ चुके थे।

चिंटू घर जाने की इच्छा जाहिर करता है और ट्रेन की टिकट दिलवा देने के लिए भईया को बोलता है। पहलवान जी उसका हाथ अपनी ओर खींचते हैं और उसकी हथेली पर 'staff on duty, please help him' लिखकर नीचे अपना साइन कर देते हैं। चिंटू के लिए यह सब बिल्कुल नया अनुभव था। वह आश्चर्य से पहलवान जी का मुँह देखने लगता है। उसे यह बड़ा अटपटा लगता है। जब उसके समझ में कुछ नहीं आता है तो वह पूछ बैठता है, "क्या भईया! यही टिकट हो गया! रास्ते में कहीं कोई पकड़ लिया तो क्या बोलेंगे?" "कोई नहीं पकड़ेगा, आराम से जाओ।" पहलवान जी कहते हैं। वैसे किसी को कुछ बोलने की ज़रूरत तो नहीं है फिर भी तुम्हारे संतोष के लिए ट्रेन लेकर जो टीटीई जाएगा, उसको मैं बोल देता हूँ। इतने में ट्रेन आ जाती है। चिंटू भईया को प्रणाम

कर फिर मिलने की बात कहकर बोगी के अंदर प्रवेश कर जाता है। लेकिन उसका मन बेचैन था। वह ट्रेन के अंदर टीटीई को खोजने लगता है। एक टीटीई पर उसकी नज़र पड़ जाती है। वह भागकर जाता है और हथेली दिखाकर उससे पूछता है, "क्या ये टिकट मान्य है? " इसपर टीटीई बिना देर किए कहता है, "यह टिकट रेलवे के टिकट से भी ज़्यादा मान्य है। आप आराम से कोई सीट देखकर बैठ जाइए। " चिंटू उस वक़्त तो बैठ जाता है लेकिन ट्रेन के पुनपुन रुकते ही वह रेलगाड़ी से नीचे उतर जाता है और ऑटो पकड़कर पटना अपने घर पहुँचता है। पटना में अपने दोस्तों को जब वह इस बारे में बताता है तो राजीव को छोड़कर किसी को यक़ीन नहीं होता। "यह सब बकवास है कहकर। " सभी साथी उसका उपहास उड़ाने लगते हैं। अभय कहता है, "ऐसा कहीं हो सकता है कोई हाथ पर कुछ लिख दे और वह रेलवे का टिकट बन जाए। " नीरज से भी नहीं रहा जाता है। वह चिंटू को चिढ़ाने के सेंस में कहता है, "वाह ! बड़े-बड़े तीसमारखाँ के बारे में सुना है लेकिन इतना भी किसी को नहीं भाँजना चाहिए कि अनपच हो जाए। एक-से-बढ़कर-एक रंगबाज़ और नेता-मंत्री की चलती के बारे में जानता हूँ लेकिन यह तो कोई रेल मंत्री भी नहीं कर सकता कि वह किसी के हाथ पर साइन कर दे और वह साइन रेलवे का कन्फ़र्म टिकट बन जाए। " बोलते-बोलते नीरज तैश में आ जाता है। वह लगातार बोलना शुरू कर देता है, "होंगे तुम्हारे भईया दबंग, बड़े आदमी लेकिन मैं यह नहीं मानूँगा ! चिंटू को अब गुस्सा आने लगता है। मानने के लिए तो वह भी तैयार नहीं था लेकिन उसने खुद अपनी आँखों से न सिर्फ देखा है बल्कि उस टिकट पर सफ़र करके पटना आया है। वह साक्षात् चश्मदीद गवाह है, इस वाक़्ये का। केवल राजीव ही था जो चिंटू की बातों से सहमत था। वह चिंटू के घर के सभी लोगों से परिचित था। गाँव के लोगों से पहलवान जी के क़िस्से सुन चुका था। उसे किसी ने बता रखा था कि ट्रेन में सफ़र के दौरान कोई इमरजेंसी आ जाए तो पहलवान जी का नाम ले लेना, कोई-न-कोई मदद ज़रूर मिल जाएगी।

नब्बे के दशक में जातीय उन्माद चरम पर था। एमसीसी और रणवीर सेना के बीच आए दिन मुठभेड़ की ख़बरें आती थीं। लेवी नहीं देनेवालों को एमसीसी मौत के घाट उतार देता था। पर्चा साटकर लेवी माँगी जाती। यह एक

तरह का रंगदारी टैक्स था लेकिन एमसीसी वाले इसे 'प्रोटेक्शन मनी' बोलते थे। लेवी ठीकेदारों से ज़्यादा वसूली जाती थी। लेवी को लेकर पहलवान जी के लोगों से भी एमसीसी की भिड़ंत हो चुकी थी। टिकारी थाने के बेलहड़िया के पास नारायण बिगहा से सटे झिलमिल नहर पर बन रहे पुल के दौरान एमसीसी के दस्ते और पहलवान जी के लोगों के बीच जमकर गोली चली थी। पुल का कॉन्ट्रैक्ट पहलवान जी के लोगों को मिला था। लेवी के लिए एमसीसी ने काम बंद करवा दिया था लिहाज़ा दोनों तरफ़ से जमकर गोलीबारी हुई थी। इस घटना के बाद ही एमसीसी की हिटलिस्ट में आ गए थे रविंद्र पहलवान। इतने सालों में गया में कई नये बदमाशों का गैंग भी खड़ा हो गया था। नये गैंग में संजय सिंह के गुर्गों ने रेलवे में टेंडर को लेकर अपनी धमक दिखानी शुरू कर दी थी। उधर, बेगूसराय और मुजफ्फरपुर में भी रेलवे के ठीके को लेकर गैंगवार छिड़ा हुआ था। जिसे जहाँ मौक़ा मिलता ट्रिगर दबाना शुरू कर देता। रीता कंस्ट्रक्शन और कमला कंस्ट्रक्शन के बीच मेन लड़ाई थी। एक रामलखन सिंह की कंपनी थी तो दूसरी के मालिक रतन सिंह थे। रतन सिंह की कंपनी को टेंडर दिलवाने के लिए अशोक सम्राट की बंदूक़ गरजती थी। रेलवे का ठीका पाने के लिए सूरज सिंह और अशोक सम्राट गैंग के बीच अक्सर गोलीबारी होती। इसी बीच अपने को मज़बूत करने के लिए अशोक सम्राट कहीं से AK 47 का जुगाड़ कर लेता है। पहलवान जी की चबूतरा बैठकी में रेलवे के टेंडर को लेकर चर्चा जोर पकड़ रही थी। रिटायर्ड डीएसपी शंभू नारायण बताते हैं, "AK 47 से बिहार में पहली हत्या 1990 में मुजफ्फरपुर के छाता चौक पर हुई थी। " बिहार में रेलवे का तेजी से विस्तार हो रहा था। नई लाइनें और पुल बनाए जा रहे थे। 1985-86 में अपराध जगत से जुड़े लोग ठीके में कूद पड़ते हैं। कई बार दोनों तरफ से गोलियाँ चलतीं। "धायँ, धायँ, धायँ और बाहुबली चंद्रेश्वर सिंह ढेर हो जाते हैं। शादी में आए लोग इधर-उधर भागने लगते हैं। शहनाई की जगह AK 47 गरजने लगती है। " रिटायर्ड डीएसपी आगे बताते हैं कि टेंडर वार में ही चंद्रेश्वर की हत्या कर दी गई थी। उनके बेटे की शादी से पहले तिलक के दिन ही उन्हें दरवाज़े पर ही गोलियों से छलनी कर दिया जाता है। बिहार में पहली बार AK 47 का इस्तेमाल इस हत्या के लिए किया गया था। इसी के बाद पूर्वांचल में हल्ला हो

गया कि अशोक सम्राट के पास AK 47 भी है। दूसरी ओर, चंद्रेश्वर के गुट के लोग प्रतिशोध लेने के लिए बेचैन थे। मौका मिलते ही वे लोग अशोक सम्राट के ख़ासमख़ास मिनी सरकार की हत्या कर देते हैं। लंगट सिंह कॉलेज के हॉस्टल में सरस्वती पूजा के दिन उन्हें बम से उड़ा दिया जाता है। इसके बाद अशोक सम्राट और ज्यादा खूँख़ार हो जाता है। वह बदले की आग में जलने लगता है। शंभू नारायण की बातों का समर्थन करते हुए रिटायर्ड टीटीई कमलेश्वर कहते हैं, "उस वक़्त सिर्फ़ और सिर्फ़ एक ही व्यक्ति का टेरर था...अशोक सम्राट का। बेगूसराय, बरौनी, मोकामा, मुजफ्फरपुर, वैशाली, लखीसराय, शेखपुरा और इसके आसपास के इलाक़ों में अशोक सम्राट ही तय करता था कि चुनाव में किस उम्मीदवार को जीतवाना है। सम्राट की ताक़त इतनी बढ़ गई थी कि वह सरकार और प्रशासन को चुनौती देने लगा था। " उसी दौर में लालू प्रसाद यादव ने सत्ता सँभाली थी। इधर, पुलिस-प्रशासन हाथ धोकर अशोक सम्राट के पीछे पड़ जाता है। उसे पकड़ने के लिए लगातार छापेमारी की जा रही थी। इनसब से बचने के लिए सम्राट ने राजनीति का सहारा लेना चाहा। आनंद मोहन की पार्टी से उसका टिकट पक्का भी हो गया था। लेकिन नियति को कुछ और ही मंज़ूर था। वह नेता बनता उससे पहले ही पुलिस की गोली का शिकार बन गया। अशोक सम्राट का एनकाउंटर बिहार पुलिस के ऑफ़िसर शशिभूषण शर्मा ने किया था। शंभू जी कामेश्वर से पूछते हैं, "आपको पता है अशोक सम्राट का एनकाउंटर कैसे हुआ था? " "जी, ज़्यादा कुछ तो नहीं जानते हैं। उड़ती-उड़ती कहानी सुने हैं। आप पुलिस में रहे हैं। आपको डिटेल पता होगा, थोड़ा बताइए हमलोगों को भी। " कामेश्वर ने कहा। "तो सुनिए, वाक़या काफ़ी दिलचस्प है। " रिटायर्ड डीएसपी शंभू ने कहा। "5 मई, 1995 को अशोक सम्राट का एनकाउंटर हाजीपुर में हुआ था। उस दौर में शशिभूषण शर्मा वहाँ के इंस्पेक्टर इंचार्ज थे। पुलिस को सूचना मिलती है कि सोनपुर रेलवे में टेंडर होने वाला है, जिसमें अशोक सम्राट आने वाला है। इलाक़े में पुलिस सतर्क हो गई। पेट्रोलिंग बढ़ा दी गई। इसी दौरान दिन में एक बजे लक्ष्मणदास मठ के पास एक गाड़ी में एक शख़्स राइफल लेकर बैठा पुलिस को दिखाई पड़ता है। पुलिस अपनी जीप उस गाड़ी के सामने लगा देती है। अचानक पुलिस को सामने देख सारे बदमाश

हक्के-बक्के रह जाते हैं। पाँच लोग गाड़ी से निकलते हैं और फ़ायरिंग शुरू कर देते हैं। पुलिस इसके लिए तैयार नहीं रहती है। उन्हें पीछे हटना पड़ता है। बदमाश AK 47 से फ़ायरिंग कर रहे थे जबकि पुलिस के पास पिस्टल और अंग्रेजों के जमाने की बंदूक़ें थीं। मौक़ा देखकर अपराधी गाड़ी से भागने की कोशिश करने लगते है। इधर, पुलिसवालों ने फ़ायरिंग जारी रखी थी। घबराकर चार अपराधी पैदल ही भागने लगते हैं। उनमें अशोक सम्राट भी था। पुलिस को देखकर गाँववालों में भी हिम्मत आ गई और वे लोग भी पुलिस के साथ मिलकर अशोक सम्राट और अन्य बदमाशों का पीछा करने लगे। भागते-भागते सारे बदमाश एक झोपड़ी में घुस जाते हैं। गुस्साई भीड़ झोपड़ी में आग लगा देती है। शाम चार बजे पुलिस अशोक सम्राट के मारे जाने की पुष्टि करती है। एनकाउंटर के बाद अशोक सम्राट के पास से दो AK 47 और भारी मात्रा में गोलियाँ बरामद की जाती हैं। ” रिटायर्ड डीएसपी शंभू नारायण आगे कहते हैं कि शशिभूषण शर्मा की बहादुरी को देखते हुए उन्हें आउट ऑफ टर्म प्रमोशन देकर डीएसपी बना दिया जाता है। चबूतरा बैठकी में हर कोई दम साधे कहानी सुन रहा था। “अरे, केवल कहानिए चलेगा या चाय-चुक्का भी होगा भाई ! डीएसपी साहब बोलते हैं। वे बोलते-बोलते थक गए थे। उन्हें टॉनिक की ज़रूरत थी। थोड़ी देर में चाय आ जाती है। चाय पीने के बाद वे रिचार्ज हो जाते हैं और फिर बोलना शुरू करते हैं। अब बिहार के साथ-साथ वे यूपी के क़िस्से भी सुनाते हैं।

शंभू नारायण बताते हैं कि बिहार के साथ-साथ यूपी में भी रेलवे में टेंडर वार चरम पर था। उत्तर-पूर्व रेलवे का हेडक्वार्टर गोरखपुर हुआ करता था, जिसमें बिहार के भी कई स्टेशन आते थे। बिहार के स्टेशनों से जुड़ा टेंडर भी गोरखपुर मुख्यालय से ही निकलता था। यह हरिशंकर तिवारी, वीरेंद्र शाही के लिए जहाँ फ़ायदे का सौदा था तो सूरज सिंह के लिए एक बड़ी मुसीबत। एक की चीज के लिए उसे चार पैसे चुकाने पड़ते थे। सूरज चाहता था कि उसके रास्ते के सारे काँटे दूर हो जाएँ। श्रीप्रकाश शुक्ला ने दूसरी बार भी वीरेंद्र शाही पर हमला किया लेकिन इस बार भी वह क़िस्मत का सांड़ निकला। तीसरी बार वीरेंद्र शाही लखनऊ स्थित इंदिरा नगर में अपनी प्रेमिका के लिए किराये का मकान देखने अकेले ही निकला था क्योंकि वह नहीं चाहता था कि ड्राइवर या गनर को उसकी

प्रेमिका के बारे में पता चले। उसपर पहले से नज़र रख रहे श्रीप्रकाश को अच्छा मौक़ा मिल गया। उसने रास्ते में ही वीरेंद्र शाही को गोलियों से भून डाला। यह 1997 की बात थी। टेंडर वार के दौरान सूरज सिंह के हर काँटे को वह साफ करता चला गया।

चंद दिनों में ही जरायम की दुनिया में श्रीप्रकाश शुक्ला एक बड़ा नाम हो गया। उसके नाम की दहशत से ही बड़े-बड़े सूरमा अंडरग्राउंड हो गए या खुद को रेलवे के ठीके से दूर कर लिया। श्रीप्रकाश का दौर करीब चार सालों तक चला। ठीके के ख़ूनी जंग में अशोक सम्राट, हरिशंकर तिवारी, वीरेंद्र शाही, देवेंद्र दुबे, बृजबिहारी प्रसाद, ओंकार सिंह और छोटन शुक्ला सहित न जाने कितने किरदार उभरे। गैंगवार बढ़ता गया और लाशें बिछती गईं। पूर्वांचल से लेकर बिहार तक रेलवे का टेंडर उसे ही मिलता था, जिस पर माफियाओं का हाथ होता। कहानी सुनाते-सुनाते शंभू नारायण बुरी तरह थक जाते हैं और बाहर बिछी खटिया पर पसर जाते हैं। डीएसपी साहब के पसरने की स्टाइल से लोग समझ जाते हैं कि अब उनका सारा मसाला ख़त्म हो चुका है। यहाँ से निकल लिया जाए। रेलवे में टेंडर वार को लेकर कहानी की इतिश्री हो जाती है और धीरे-धीरे कर चबूतरा बैठकी से लोग खिसकने लगते हैं।

इंदिरा गांधी का हाथी पर चढ़कर 'बेलछी' आना !

बिहार में क्राइम का ग्राफ चरम पर था। इसी बीच 18 मार्च, 1999 की शाम तत्कालीन जहानाबाद और अब अरवल के करपी थाने के सेनारी गाँव में प्रतिबंधित संगठन एमसीसी के लोग पहुँच जाते हैं। सभी पुलिस की वर्दी में रहते हैं इसलिए गाँववाले शुरू में कुछ समझ नहीं पाते हैं। सेनारी को चारों ओर से घेर लिया जाता है। गाँव के लोगों को घर से पकड़कर ठाकुरबाड़ी के पास लाया जाता है। यहाँ पर ख़ून की होली खेली जाती है। एक-एक कर 34 लोगों को मौत के घाट उतार दिया जाता है। इस घटना ने विधि-व्यवस्था की पोल खोलकर रख दी और तत्कालीन शासन-प्रशासन को कटघरे में खड़ा कर दिया। पहलवान जी की चबूतरा बैठकी में भी लोगों ने इस घटना पर आक्रोश जताया। "भईया, देखिएगा रणवीर सेना इसका बदला ज़रूर लेगा। हमलोगों को भी सेनारी चलना चाहिए। " पहलवान जी को युवक की बात जँच जाती है और अगले ही दिन लाव-लश्कर के साथ रविंद्र पहलवान सेनारी पहुँच जाते हैं। गाँव का हाल देखकर सभी को रोना आ जाता है। साथ में गुस्सा भी। रविंद्र पहलवान पीड़ित परिवार के सदस्यों की हरसंभव मदद करते हैं। सेनारी का उनका यह दौरा किसी से छिपा नहीं रहता है। एमसीसी के जोनल कमांडर तक भी यह बात पहुँचती है। वह अपने लोगों से कहता है, "अब इस पहलवान का कुछ करना ही पड़ेगा। यह भी ब्रह्मेश्वर मुखिया बन रहा है। " सेनारी कांड के कुछ दिनों बाद वहाँ आयोजित संकल्प सभा में पहलवान जी ने बढ़-चढ़कर हिस्सा लिया था। कहा था- "समाज के लोगों के काम आ सकूँ, इससे बड़ी बात मेरे लिए और क्या होगी। " इसके बाद ही वे एमसीसी की आँख की किरकिरी बन गए थे। डेल्हा, रेलवे कॉलोनी में शाम होते ही चबूतरा सज जाता है। हर रोज़ के मेहमान पहुँच जाते हैं। डॉक्टर साहब, शर्मा जी तो विराजमान थे ही। थोड़ी देर में पहलवान जी, रिटायर्ड डीएसपी शंभू नारायण और कामेश्वर टीटी भी आ जाते हैं। बीच में लोगों का आना-जाना लगा रहता है। सेनारी कांड और

रणवीर सेना पर ही चर्चा चल रही थी। सेना के बारे में जानने को लेकर वहाँ मौजूद लोगों में उत्सुकता थी। मौके की नज़ाकत को भाँपते हुए शंभू जी अपने ज्ञान का पिटारा खोल देते हैं। रणवीर नाम क्यों पड़ा? सबसे पहले युवाओं के मन में यही प्रश्न उठता है। वे विस्तार से बताते हैं, "तो सुनिए, साल 1917 की बात है। शाहाबाद जो भोजपुर का क्षेत्र है वहाँ दूसरी जातियों का वर्चस्व था। भूमिहार जाति हाशिए पर थी। तभी उस इलाक़े में रणवीर चौधरी उभरकर आते हैं। उन्होंने अपनी सूझ-बूझ और दिलेरी से वहाँ भूमिहारों को स्थापित किया। " यह नाम उस इलाक़े के लिए बहुत पूजनीय हो गया। 1995 में भोजपुर जिले के बेलाऊर गाँव में संगठन बनाने के लिए लोग इकट्ठा हुए। जिस स्कूल में मीटिंग हो रही थी, उस स्कूल में रणवीर बाबा की मूर्ति लगी हुई थी। सबलोगों ने विचार किया और उन्हीं के नाम पर रणवीर सेना की स्थापना कर दी गई। उन्होंने आगे विस्तार से बताया कि स्थापना के पीछे प्रमुख वजह थी नक्सलियों से बिहार के सवर्ण बड़े और मध्यम वर्ग के किसानों की रक्षा करना। नब्बे के दशक में किसान एमसीसी और भाकपा माले नामक नक्सली संगठन से त्रस्त थे। बेलाऊर के मध्य विद्यालय प्रांगण में एक बड़ी किसान रैली कर रणवीर किसान महासंघ के गठन का ऐलान किया गया। तब खोपिरा के पूर्व मुखिया ब्रह्मेश्वर सिंह सहित कई लोगों ने इसके गठन में प्रमुख भूमिका निभाई थी। ब्रह्मेश्वर मुखिया का जन्म खोपिरा गाँव में ही हुआ था। महासंघ के लोगों ने गाँव-गाँव जाकर किसानों को माले के अत्याचार के खिलाफ उठ खड़े होने के लिए प्रेरित किया। आरंभ में ही काफी संख्या में लाइसेंसी हथियारों का ज़खीरा जमा हो गया। भोजपुर के वैसे किसान आगे थे, जो नक्सलियों की आर्थिक नाकेबंदी झेल रहे थे। जिस समय रणवीर किसान संघ बना उस वक़्त भोजपुर के कई गाँवों में भाकपा माले लिबरेशन ने मध्यम और लघु किसानों के ख़िलाफ़ आर्थिक नाकेबंदी लगा रखी थी। करीब पाँच हज़ार एकड़ ज़मीन परती पड़ी थी। खेती-बारी पर रोक लगा दी गई थी। कई गाँवों में फसलें जला दी गई थीं। किसानों को शादी-विवाह जैसे समारोह आयोजित करने में दिक्कत होने लगती है। ऐसे हालात ने किसानों को एकजुट किया और प्रतिकार करने का माहौल बना। रणवीर सेना के गठन की यही ज़मीनी हक़ीक़त है।

शंभू नारायण बताते हैं कि भोजपुर में संगठन बनने के बाद पहला नरसंहार सरथुआँ गाँव में हुआ जहाँ एक साथ पाँच मुसहर जाति के लोगों की हत्या कर दी गई थी। बाद में नरसंहारों का सिलसिला चल पड़ा। सरकार ने सवर्णों की इस सेना को तत्काल प्रतिबंधित कर दिया, लेकिन हिंसक गतिविधियाँ जारी रहीं। प्रतिबंध के बाद रणवीर संग्राम समिति के नाम से इसका हथियारबंद दस्ता गाँव-गाँव घूमने लगा। मध्य बिहार के जहानाबाद, अरवल, गया, औरंगाबाद, रोहतास, बक्सर और कैमूर ज़िलों में रणवीर सेना का प्रभाव था। रिटायर्ड डीएसपी शंभू नारायण के पास जितना ज्ञान था, उन्होंने उलीच दिया था। चाय का दौर भी ख़त्म हो चुका था। फिर भी कोई हिल नहीं रहा था। आख़िर में उन्हें खुलकर बोलना पड़ता है, चलिए आज का ज्ञान समाप्त। उनका इतना बोलना था कि लोग धीरे-धीरे वहाँ से जाने लगते हैं।

समय का पहिया अपनी गति से गतिमान था। धीरे-धीरे कर वक़्त गुजरने लगता है। सेनारी कांड को बीते एक साल हो जाता है। 18 मार्च, 2000 को गाँववाले श्रद्धांजलि सभा का आयोजन करते हैं, उसमें पहलवान जी को भी बुलाया जाता है। इस सभा पर एमसीसी के दस्ते की भी नज़र थी। इसमें शामिल होनेवाले बड़े लोगों के नाम की लिस्ट बनाई जाती है। स्थानीय दस्ता सभी नामों को जोनल कमांडर के पास भेजता है। उसमें रविंद्र पहलवान का नाम देखते ही कमांडर भड़क जाता है। "ई नहीं मानेगा, इसको अपने से ज़्यादा चिंता समाज की है। नेता बन रहा है। इसका कुछ बंदोबस्त करना ही पड़ेगा।" कमांडर अपने लोगों से कहता है। आनन-फ़ानन में मारक दस्ते को बुलाया जाता है। तीन टोली बनाई जाती है। एक, रविंद्र पहलवान के दैनिक क्रिया-कलापों पर नज़र रखता है। दूसरा, कॉलोनी के आसपास के माहौल को भाँपता है और तीसरा काम को अंजाम तक पहुँचाने के रिहर्सल में जुट जाता है। कॉलोनी में अनजान लोगों की गतिविधियाँ बढ़ जाती हैं। सेनारी में हुई घटना को लेकर पहलवान जी काफी विचलित थे। शाम में चबूतरा बैठकी में बिना मन के पहुँचते हैं। वहाँ सेनारी कांड को लेकर ही चर्चा हो रही थी। "न जाने बदले का यह खेल कबतक चलेगा?" डॉक्टर साहब ने शर्मा जी से कहा। अभी शर्मा जी कुछ बोलते उसके पहले ही गुप्ता जी तैश में आ जाते हैं। लक्ष्मणपुर बाथे में क्या हुआ था...डॉक्टर साहब?

इसमें बच्चों और गर्भवती महिलाओं को भी निशाना बनाया गया था। उन्होंने डेट के साथ बताया कि 30 नवंबर और 1 दिसंबर, 1997 की रात इस नरसंहार में रणवीर सेना ने 58 लोगों को मौत के घाट उतार दिया था। कई परिवार अनाथ हो गए। कई घरों में तो काम-काज संभालने के लिए एक महिला भी नहीं बची थी। कुछ परिवार में तो सिर्फ़ बच्चे ही जीवित रह गए थे।

गुप्ता जी पूरे रौ में बह चले थे। एकतरफा केवल अपनी जाति की बात ही नहीं करनी चाहिए। हत्या हत्या है चाहे वह आपकी जाति के लोगों की हो या फिर किसी और की। परिवार सबका बर्बाद होता है। ख़ून के बदले ख़ून से किसी समस्या का समाधान होनेवाला नहीं है। इसमें मारे निर्दोष ही जाते हैं। बहस गरमा चली थी। चाय का कप तेज़ी से खाली हो रहा था। बनानेवाला पूरा गुस्से में था। मन ही मन गाली दे रहा था, 'साला, नरसंहार कहीं हो रहा है और हियाँ बैठकर सब गप दिए जा रहा है। चाय पी-पीकर अपना भड़ास निकाल रहा है। लगता है मेरे पास दूसरा कोई काम ही नहीं है। अबतक पाँच राउंड चाय बना चुके हैं।' इधर, गुप्ता जी चालू थे। अख़बार में छपी ख़बरों को इतना बेहतरीन ढंग से सजाकर बोलते थे, मानो राइफल लेकर वे खुद नरसंहार का हिस्सा रहे हों। वे चुप होने का नाम ही नहीं ले रहे थे। उनपर नरसंहार के समाचार पढ़ने का भूत सवार हो गया था। अब वे शंकर बिगहा नरसंहार पर बोलने लगते हैं। इसमें क्या हुआ था डॉक्टर साहब जानते हैं आप? 25 जनवरी, 1999 की रात जहानाबाद के शंकर बिगहा में एक-दो-तीन-चार नहीं बल्कि 22 दलितों की हत्या कर दी गई थी। गुप्ता जी ने नरसंहार का पिटारा खोल दिया था। अब वे जहानाबाद से निकलकर भोजपुर की धरती पर आ चुके थे। भोजपुर के बथानी टोला गाँव में हुए नरसंहार की चर्चा करने लगते हैं। इधर, डॉक्टर साहब को काठ मार गया था। वे आज गुप्ता जी का असली रूप देखकर सन्न थे। वे बस उनकी बातों को सुने जा रहे थे। गुप्ता जी बथानी टोला के बारे में बताने लगते हैं। 1996 में इस गाँव में दलित, मुस्लिम और पिछड़ी जाति के 22 लोगों की हत्या कर दी गई थी। "जानते हैं क्यों मार दिए गया था इनलोगों को?" महज़ बारा नरसंहार का बदला लेने की ख़ातिर। गया ज़िले के बारा गाँव में माओवादियों ने 12 फरवरी, 1992 को अगड़ी जाति के 35 लोगों की गला

रेत कर हत्या कर दी थी। गुप्ता जी पूरा मूड बनाकर आए थे। अमूमन चबूतरा बैठकी में वे सुनते ही ज़्यादा थे लेकिन आज बोलने के मूड में थे। ऐसा लग रहा था कि उन्होंने नरसंहार के इतिहास को खंगाल डाला हो। टीवी डिबेट में काँग्रेस-भाजपा के प्रवक्ता जैसे एक-दूसरे का मुँह नोचने को तैयार रहते हैं, उसी तरह आज वे डॉक्टर साहब और शर्मा जी पर पिल पड़े थे। किसी लेक्चरर की भाँति डेटा सहित फ्लो में बहते चले जा रहे थे। अब वे ज़िला से बाहर निकल इतिहास के पन्नों में खो जाते हैं। साल 1977 की बात बताने लगे। बताया कि इस साल पटना ज़िले के बेल्छी गाँव में एक खास पिछड़ी जाति के लोगों ने 14 दलितों को जान से मार डाला था। पटना से निकलकर यह बात दिल्ली तक चली गई थी। दिल्ली से ख़बर आती है कि इंदिरा गाँधी पटना आकर पीड़ित परिवार के लोगों से मिलेंगी। शासन-प्रशासन के लोगों के हाथ-पाँव फूल जाते हैं। उस वक़्त पूरा इलाक़ा बाढ़ से घिरा हुआ था। अब क्या करे कोई? उन्हें मना भी नहीं किया जा सकता है और बाढ़ को रातोंरात ख़त्म भी नहीं किया जा सकता है। खैर, काफ़ी माथापच्ची के बाद प्रशासन ने रास्ता निकाल ही लिया। उस वक़्त सत्ता से बेदखल हो चुकीं पूर्व प्रधानमंत्री इंदिरा गाँधी को हाथी पर बिठाकर बाढ़ से घिरे इस गाँव में ले जाया गया। वे पीड़ित परिजनों से मिलीं और उनका दर्द बाँटा। आज भी बेल्छी नरसंहार को याद करते वक़्त लोग इस घटना को बताना नहीं भूलते हैं। गुप्ता जी की आवाज़ में अब नरमी आ गई थी। उनके पास नरसंहार पर बोलने को कुछ नहीं बचा था। मौक़ा अच्छा देख, शर्मा जी ने मोर्चा सँभाल लिया और कहा- "आख़िर कभी-न-कभी तो इसका अंत होगा ही। " "हाँ, होगा क्यों नहीं? धीरे-धीरे लोग समझ जाएँगे कि ख़ून-ख़राबा से कुछ हासिल होनेवाला नहीं है। उसके बाद सब अपने आप शांत हो जाएँगे। " डॉक्टर साहब ने कहा। "आजकल कॉलोनी में नये-नये चेहरों का आना-जाना काफ़ी बढ़ गया है। मुझे कुछ ठीक नहीं लग रहा है। " शर्मा जी ने पहलवान से मुख़ातिब होते हुए कहा। "आप तो यूं ही घबराते हैं शर्मा जी। " मौत तो शाश्वत सत्य है। जिस दिन धरती से जाना लिखा होगा, उस दिन चले ही जाएँगे। मैं तो बस इतना चाहता हूं कि जब मौत मेरे सामने आए तो मैं कमजोर न दिखूँ। " रविंद्र पहलवान ने कहा। इसके बाद वे दोहा पढ़ने लगते हैं...

"राम नाम की माया से बच न सका कोय।

राजा, रंक, फकीर सब अंत में है सोय। । " इसी दिन चबूतरा पार्टी को पता चलता है कि पहलवान के अंदर एक 'कवि' भी वास करता है। पहलवान जी जब अकेले होते तो कविता या डायरी लिख अपना मन बहलाते थे। डायरी में लिखी प्रमुख उक्तियाँ हैं...

"मदद करना मैं धर्म समझता हूँ, हे प्रभु, मुझे शक्ति दें ताकि मैं बराबर मदद करता रहूँ और साथ ही ऐसा कम मौका दें कि मदद लूँ। "

"हे प्रभु, मुझे ऐसी शक्ति दें कि श्रद्धये जीवन व्यतीत कर सकूँ, अन्यथा मौत दें कि इस दुनिया को न देख सकूँ। " डायरी में लिखीं इन बातों से पता चलता है कि वे भावनात्मक रूप से कितना संवेदनशील थे।

"मुझे किसी को मदद करने में अब संकोच होता है। इस दुनिया में किस पर भरोसा किया जाए, कहना- मुश्किल सा है। हे प्रभु, मुझे रास्ता दिखायें क्योंकि मित्र की परिभाषा शायद लोग भूल गये हैं। जो भी मिल रहे हैं, गद्दारी कर बैठते हैं। " डायरी में लिखी इन बातों से ही पता चलता है कि उन्हें अपने ख़िलाफ़ रचे जा रहे षड्यंत्र का भी आभास हो गया था।

जातीय नरसंहार पर चर्चा करने के बाद चबूतरा बैठकी समाप्त हो जाती है और सभी अपने-अपने घर चले जाते हैं। पहलवान जी भी कविता पाठ कर विदा लेते हैं।

इधर, सात दिन बाद एमसीसी के तीनों दस्ते के लोग आपस में मिलते हैं और जुटाई गई जानकारियों को साझा करते हैं। "पहलवान रोज़ सुबह-सवेरे पाँच बजे के आसपास दौड़ने के लिए घर से निकलता है। वो मंदिर से होते हुए कॉलोनी का पूरा गोल चक्कर लगाता है। इस वक़्त वह बिल्कुल अकेला रहता है। प्लान को अंजाम देने के लिए इससे बढ़िया समय दूसरा नहीं हो सकता। और हाँ, मंदिर वाली जगह ही ठीक रहेगी। वह कॉलोनी से थोड़ा हटकर है। रोड के दूसरे साइड में वहाँ छिपने के लिए झाड़ी भी है। " एमसीसी का हार्डकोर सात दिनों का लेखा-जोखा कमांडर के सामने रख देता है। "पहले दो दिन रिहर्सल कर लिया जाए। " कमांडर कहता है। दो दिन एमसीसी के लोग रेलवे कॉलोनी

जाते हैं और सुबह में प्लानिंग के तहत रिहर्सल करके देखते हैं। टुकड़ों में बँटकर सभी अपनी-अपनी भूमिका का निर्वहन करते हैं। सब ओके रहने पर सभी एक गुप्त जगह पर मिलते हैं और काम को अंजाम तक पहुँचाने की तारीख़ कमांडर फ़ाइनल कर देता है। इधर, रेलवे में टेंडर को लेकर गया जंक्शन पर पहलवान जी के लोगों की भिड़ंत संजय सिंह से हो जाती है। दोनों गुटों में जमकर कहासुनी होती है। संजय सिंह देख लेने की धमकी भी देता है। "तुमलोग जिसके बल पर उड़ते हो न, उसी को उड़ा देंगे। " बहुत दिन से देख रहे हैं तुमलोगों को, अब बर्दाश्त नहीं होता है। " इतना कहकर वह अपने आदमियों को लेकर वहाँ से चला जाता है।

पैर छूकर प्रणाम किया और धायँ-धायँ...

पहलवान जी इनसब बातों से बेख़बर हर दिन की तरह 29 मार्च, 2000 की सुबह पाँच बजे दौड़ने के लिए घर से निकलते हैं। वे घर से निकलकर अपने द्वारा बनवाए गए मंदिर होते हुए लगभग पूरी कॉलोनी का चार-पाँच चक्कर लगाते थे। जबतक पसीने से तरबतर न हो जाएँ तबतक दौड़ते रहते थे। उस दिन भी कॉलोनी का एक चक्कर लगाकर मंदिर के पास पहुँचे ही थे कि दो लोग सामने से आते दिखाई पड़ते हैं। नजदीक आने पर वे लोग पैर छूकर 'प्रणाम भईया' बोलते हैं। पहलवान जी रुक जाते हैं। अभी वे कुछ समझ पाते उसके पहले ही झाड़ी में छिपे आठ-दस लोग बाहर निकलते हैं और पहलवान जी से उलझ पड़ते हैं। गुत्थम-गुत्थी हो ही रही थी कि एक बदमाश चिल्ला पड़ता है, "अरे, देखते क्या हो ! मारो गोली नहीं तो सबको अकेले ही देख लेगा ई पहलवान। तुमको नहीं पता, एशियाड गोल्ड मेडलिस्ट है ई। घटना से कुछ दिन पहले ही रविंद्र पहलवान का गया के हिंदुस्तान टाइम्स में इंटरव्यू छपा था, जिसमें पहलवानी के सारे क़िस्सों का विस्तृत वर्णन था। बॉस का आदेश मिलते ही गुर्गे ताबड़तोड़ पहलवान जी पर गोलियों की बरसात कर देते हैं। रविंद्र मंदिर के पास निढाल होकर गिर पड़ता है। पीछे से छोटा बेटा किट्टू दौड़ता हुआ आ रहा था। वह अपने पापा को इस हाल में देखकर अवाक रह जाता है। वह हल्ला करता है, 'पकड़ो-पकड़ो' लेकिन तबतक सारे बदमाश रेलवे गुमटी फाँदकर भाग जाते हैं। नाइन एमएम के पिस्टल से पहलवान जी के शरीर पर गोलियों की बरसात कर दी जाती है। लगभग बीस गोली दागी जाती है। अहले सुबह अचानक हुई गोलीबारी से कॉलोनी के लोग सन्न रह जाते हैं। डर के मारे कोई घर से बाहर नहीं निकलता है। सब खिड़कियों से झाँककर ही मामले को समझ लेना चाहते हैं। बदमाशों के भाग जाने के बाद कॉलोनी के लोग बाहर निकलते हैं और आनन-फ़ानन में पहलवान जी को रेलवे हॉस्पिटल में भर्ती कराया जाता है। "काम हो गया है बॉस, अब ऊ कभी नहीं आएगा हमलोगों के रास्ते में। पूरे मगध पर

हमलोगों का एकछत्र राज होगा। बहुत दिनों से ताक में थे। कई दिनों तक रेकी भी की थी। दो दिन तो इस काम को अंजाम देने के लिए रिहर्सल भी किया था... आज कामतमाम कर ही डाला।" बदमाश फोन पर किसी को वारदात की पूरी डिटेल दे रहा था। "अबतक पूरे शहर ही नहीं बल्कि पटना के एक अणे मार्ग (मुख्यमंत्री निवास) तक यह ख़बर चली गई होगी कि किसकी हत्या हुई है? इसलिए तुम सब शहर से बाहर निकल जाओ और जबतक मैं न कहूँ, कोई भी यहाँ वापस नहीं आएगा। मैं समय-समय पर तुमलोगों को कॉल करता रहूँगा।" दूसरी ओर से इतना कहकर फोन कट जाता है।

रविंद्र पहलवान पर हमले की ख़बर पूरे बिहार में जंगल की आग की तरह फैल जाती है। मंत्री, संतरी, विधायक, एसपी, डीएम सबके फोन घनघनाने लगते हैं। टीवी में न्यूज़ फ्लैश होने लगता है...स्वर्ण पदक विजेता को अज्ञात अपराधियों ने मारी गोली। रेलवे हॉस्पिटल के आगे काफी भीड़ जमा हो जाती है। जो सुनता है, वही हॉस्पिटल की ओर चल पड़ता है। एसपी खुद रेलवे हॉस्पिटल पहुँचते हैं और भीड़ को समझा-बुझाकर शांत करते हैं। समर्थक आक्रोशित थे और हत्यारों की गिरफ़्तारी की माँग कर रहे थे। इधर, डॉक्टर पहलवान जी को बचाने की जद्दोजहद में जुटे थे। ब्लीडिंग काफी हो चुकी थी। मामला क्रिटिकल था। थोड़ी देर बाद डॉक्टर जवाब दे देते हैं। अंतिम दर्शन के लिए बड़ी संख्या में रेलवे स्टाफ और गया के आसपास के लोग तो आ ही रहे थे। जहानाबाद, औरंगाबाद और पटना से भी लोगों का हुजूम गया की ओर चल पड़ता है। लखनवा और वीरू को भी पहलवान जी पर हुए हमले की ख़बर मिल चुकी थी, लेकिन फिर भी कन्फ़र्म करने के ख़्याल से दोनों भागे-भागे कैंटीन पहुँचते हैं। मैनेजर का उतरा चेहरा देखकर उन्हें कुछ पूछने की ज़रूरत महसूस नहीं होती है। लखनवा और वीरू को आज ही पता चला था कि उन्हें पहलवान जी के कहने पर ही कैंटीन के मैनेजर ने काम पर रखा था। दोनों दोस्त थे और गया जंक्शन पर ही कुली का काम करते थे लेकिन उस काम से दोनों के परिवार का गुज़ारा नहीं चल रहा था। यह बात किसी तरह पहलवान जी को पता चल जाती है। वे कैंटीन के मैनेजर को लखनवा और वीरू दोनों को काम पर रख लेने के लिए कहते हैं और साथ ही हिदायत देते हैं कि यह बात उन दोनों को कभी पता नहीं

चलनी चाहिए। लेकिन आज कैंटीन के मैनेजर से न रहा गया और पहलवान जी पर हमले की ख़बर ने उन्हें भावुक कर दिया। उन्हें याद करते वक़्त वे सब बोल गए। लखनवा और वीरू तो पहले से ही पहलवान जी के फैन थे। वे भागे-भागे रेलवे अस्पताल पहुँचे और आख़िरी बार अपने मालिक को देखना चाहा। वे दोनों हॉस्पिटल के अंदर घुसने की कोशिश कर रहे थे तभी- "हटो-हटो, कोई नहीं जाएगा अंदर। " एक पुलिसवाले ने कहा। "प्लीज सर, जाने दीजिए। अंतिम दर्शन करना चाहते हैं अपने मालिक की। " लखनवा ने कहा। "तुम एक बार में समझते नहीं हो का, कहा न- कोई नहीं जाएगा अंदर। एसपी साहब का आदेश है। " पुलिसवाले ने टाइट होकर कहा और खैनी मलने लगा। "चल लखन, ई सब वर्दी वाला नहीं समझेगा हमनी के भावना। " वीरू ने लखनवा से कहा। दोनों वहाँ से हट जाते हैं। अस्पताल के अंदर जाने का एक और रास्ता था, पीछे से नाली पारकर जाना पड़ता। लखनवा और वीरू बिना देर किए पीछे के रास्ते से अस्पताल के अंदर घुस जाते हैं। उन्हें तो हर हाल में अपने मालिक का अंतिम दर्शन करना था। थोड़ी देर में ही वे लोग इमरजेंसी गेट के सामने थे। बाहर से दोनों देखते हैं। पहलवान जी एक बेड पर शांत पड़े हुए थे। उजले रंग की चादर उनके ऊपर थी। डॉक्टर लोग उनको चारों ओर से घेरे हुए थे। कई तरह की मशीन के तार से वे बंधे पड़े थे। ऐसी हालत में देखकर लखनवा की आँखों से आँसू टपक पड़ते हैं। उसे रोता देख वीरू चुप कराने की कोशिश करता है लेकिन चुप कराते-कराते वह खुद कब रोने लगता है, यह उसे पता ही नहीं चलता। दोनों भावनाओं के ज्वार में खो जाते हैं। इसी बीच एक पुलिसवाला उधर से गुजर रहा होता है। "अरे ! कौन हो तुमलोग ? यहाँ क्या कर रहे हो ? चलो जाओ यहाँ से। " वह कहता है। "जी कोई नहीं, जाते हैं, जाते हैं। " दोनों कहते हुए पुलिसवाले की नज़र से अपने आपको बचाते हुए आँसू पोछते हैं और भारी कदमों से वहाँ से निकल पड़ते हैं। कैंटीन पहुँचकर दोनों फूट-फूटकर रोने लगते हैं। बड़ी मुश्किल से मैनेजर और अन्य लोग उन्हें चुप कराकर घर भेजते हैं।

अगले दिन दिल्ली में सुबह-सुबह मंटू 'द हिंदू' अख़बार में पढ़ता है, 'Asiad gold medalist shot dead' स्पोर्ट्स पेज की लीड ख़बर थी। वो भागा-भागा एसटीडी बूथ जाता है। घर फोन लगाता है। ख़बर पक्की थी। मन

मसोसकर रह जाता है। उस वक़्त के अख़बारों में यह सुर्खियाँ जरूर बनीं कि एमसीसी ने रविंद्र पहलवान की हत्या की जिम्मेवारी अपने ऊपर ली है लेकिन अपराध जगत के जानकारों का कहना है कि हत्या किसने और क्यों की? यह आज भी रहस्य ही बना हुआ है।

22 साल बाद...2022

चाय गरम, गरम चाय, समोसे ले लो...आज 22 साल बाद भी 'गया जंक्शन' पर ट्रेनों का आना-जाना उसी तरह जारी है, जैसा पहले था। हावड़ा से चलकर देहरादून जानेवाली दून एक्सप्रेस कितने नंबर प्लेटफ़ॉर्म पर आएगी? दिल्ली जाने के लिए आज का टिकट मिल जाएगा क्या? टिकट दिखाओ, टिकट दिखाइए...काले कपड़े में टीटीई ट्रेन लेकर जाने के लिए तैयार, सिग्नल भी हरा। गार्ड साहब भी हरी झंडी दिखाते हुए...कैंटीन में काम करते-करते अचानक कलनवा और वीरू को पुराने दिनों की याद आ जाती है। "अरे, कलनवा कुछ भी तो न बदला रे। आज 22 साल हो गए सबकुछ वैसा का वैसा ही है। केवल यात्रियों की चिक-चिक बढ़ गई है। मालिक रहते तो आज कितना अच्छा लगता।" वीरू कहता है। "गरम चाय ले लो, समोसे ले लो...ये ऐसी आवाज़ है जो इक्कीस साल पहले भी गया जंक्शन पर गूँज रही थी, आज भी गूँज रही है और अंतहीन सफ़र तक गूँजती रहेगी। ठीक उसी तरह हमारे मालिक 'पहलवान जी' की यादें भी स्टेशन के कोने-कोने में समाई हुई हैं। उनकी अच्छी-बुरी ज़िंदगी के ख़ौफ़नाक सफ़र का एक मात्र गवाह "गया जंक्शन" आज भी हमें उनकी याद दिलाता है और सालों साल तक याद दिलाता रहेगा।" आँसू पोंछते हुए लखनवा कहता है।

www.ingramcontent.com/pod-product-compliance
Lightning Source LLC
Chambersburg PA
CBHW020526160726
47992CB00005BA/2265